U0164627

周國偉

文集

周國偉　著

黎漢傑　編

作者少年時期生活照之一
（後排最右為作者）

作者少年時期生活照之二
（右二為作者）

作者少年時期生活照之三
（最前為作者）

作者青年時期生活照

作者攝於中環大會堂

作者成長後生活掠影

作者遊英時攝

作者與女友於英國弟弟家的花園中

作者遊埃及時攝

作者攝於女友家中

作者遊北京時攝

作者遊上海時攝

作者保存下來的文學雜誌，
當中不少曾刊登作者的作品

作者積極參與創辦的文學雜誌《素葉文學》，
現在已成為香港文學的經典

作者小傳

　　周國偉，生於一九五四年，本科就讀香港大學歷史系，期間開始文學創作、籌辦刊物活動，期間作品多發表於《詩風》、《大拇指》與《羅盤》。畢業後赴尼日利亞經商，回港後與友人西西、何福仁等創辦《素葉文學》，期間多有評論文章發表，主題圍繞希臘哲學與文學、當代法國哲學與當代世界文學。周氏一九八一至一九八九年期間任中學教師。一九九三年於香港大學獲博士學位，一九九一年至一九九九年於當時的嶺南學院（現名嶺南大學）任教。二〇〇六年因病去世，享年五十一歲。

目錄

新詩部份

評論部份

附錄

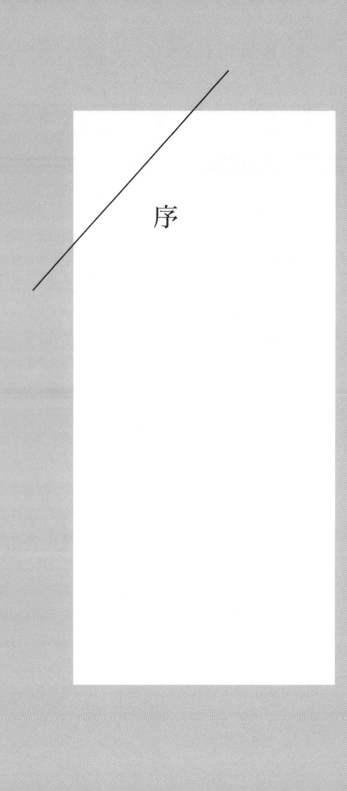

序

序一

周華山

　　周國偉是我的大哥，我心中的英雄。大哥自幼文武雙全，是體格魁梧的運動健兒，也是文采飛揚的詩人，經常在文學雜誌發表詩歌，更是自學成才的英語奇才，經常教導我英語，讓我自幼喜愛英語、熱衷西方文化。

　　大哥勤奮聰敏，從香港最差勁的草根中學，考進香港大學，成為整個潮州家族的榮譽。那是火紅的七十年代，他常眉飛色舞暢談學運韻事，讓我自幼關心社會政治，緊貼《文化新潮》、《號外》、《年青人週報》等前衛思潮。

　　大哥畢業後，輾轉到新界教書，每天顛簸，作育英才、春風化雨。五年後，因為家族忠誠和長子重任，跟隨爸爸到非洲做生意，兩年後鎩羽而歸，慘不忍睹，從此煙酒不離手，沉默寡言，高傲孤僻，與妻子關係冷淡，最終離婚收場。那段日子，大哥醉心哲學，尤其艱澀難懂的古希臘哲學，披星戴月鑽營學術，獲取片刻慰藉，大抵掩飾親密關係傷痛，以及命運唏噓無奈。經過多年寒窗苦讀，終於取得博士學位，並在大學任教，卻與上司屢屢衝突，僵持不下，終歸淪為政治角力犧牲品，被大學決絕解僱，成為壓垮駱駝的最後稻草。自此更加沉鬱，踏上抑鬱自閉不歸路，整天黏着媽媽，其他一概再沒興趣。

　　回頭看，固執是我倆的共通死穴。

一九八一年，我萬幸考進香港大學，自我形象急速膨脹，憑藉小聰明而成為意氣風發的學生領袖，盡享名利權色的鏡花水月；及後我到理工大學教書，更加趾高氣揚不可一世，潛意識將大哥視為競爭對象，與他針鋒相對；只因雞毛蒜皮，便唇槍舌劍，狠狠批判，幾乎割席。直到許多年後，連番挫敗，讓我赤裸看穿自身虛偽，痛定思痛，無法忍受表裏不一的金玉其表，這邊廂著書立說塑造美麗形象，那邊廂卻對同一屋簷下的親人同室倒戈，終於慚愧默認夜郎自大的厚顏無恥，便狠下決心與大哥修和。

　　永遠不會忘記，那一天我出門，鼓起最大勇氣，說：「大哥，我出去喇！」畢竟近廿年沒有溝通，大哥非常錯愕，盯着我，冷眼、不語。我關門後，心仍噗通噗通亂跳，慶幸破冰，翻倒圍牆，我倆重新交流。三星期後，我送他至愛紅酒。殊不知，哥哥心有靈犀，竟同時打開另一瓶紅酒，請我品嘗！我非常感動，酩酊而醉。廿年冷漠，被愛融化。

　　好景不常。

　　二〇〇五年十月，哥哥吞嚥困難，食物常卡在咽喉，吐得一塌糊塗。我深感不妙，上網翻查資料，發現是生存率極低的食道癌！我看着電腦，震驚、痛心，眼淚從臉上唰唰滾下來，即時決定，義無返顧照顧大哥，直到生命盡頭。儘管大哥質疑我照顧他的誠意，我仍忠於良知呼喊，堅持每天探望。病發初期，大哥嚥不下堅硬食物，幾個月後，連稀飯也難以吞下，進食時經常嘔吐，食物倒流，狼狽不堪。一生固執傲慢，被徹底摧毀。由於營養不良、食慾不振，體重驟降三十磅，骨瘦如柴，走路氣喘如牛，教人心痛。我極珍惜每分每刻，能做的，盡做，用心陪伴最後一段路。

期間，媽媽患上末期肝病，先行離世。大哥圓滿了長子最後任務，身無罣礙，放下死亡恐懼，放下人間執迷，變得謙卑祥和，最愛緊握我手，抵足談心，親密道謝，從未如此溫柔，在愛裏體驗深層的寬恕和豁達。過去一切傷痛，逐漸轉化為兩袖清風的仙風道骨。大限降至，大哥寬厚自在，內心坦然。二〇〇六年十月十三日，最後一夜，抖擻精神，先與女友談心，再與我們逐一綿綿細語，心柔念靜。然後，說累了，三小時後，在睡夢中安祥離世。

今天香港，許多人抱怨：你你你怎樣自私無情，我我我怎樣仁至義盡；結論是：「我對你錯。」感謝大哥，讓我停止抱怨，因為所有煩惱，其實盡是自己創造。與其批判他人，不如改變自己。

大哥，永遠感謝你、祝福你、我愛你。

弟弟

華山

序二
那些刻在石上的
——淺談周國偉的詩

黎漢傑

一、引言

　　說起周國偉，年輕一代的讀者大多不會知道他是誰。其實，他曾是《詩風》、《羅盤》的編輯。而本地著名文學刊物《素葉》的誕生，也和他有重要的關係，何福仁在回憶文章〈素葉的話（一）〉就曾這樣說：

> 最初，從構思、組織到註冊，最積極應推周國偉。國偉是我大學時的書友，——那些浪漫，喜歡高談闊論的日子，他就提出過要辦一個這樣的出版社，注定賠本，然而可以無悔於青春。畢業後他離港到非洲一段時間，再回來，居然舊事重提。

　　可見，周國偉是其中最熱心推動刊物創辦的人物。至於他自己的寫作歷程，概括而言可以分為兩期，前期主要寫詩，後期主要寫論文。理智與感情，恰巧各自佔據人生的一半。據筆者手頭的資料，他第一首發表的作品，應該是一九七六年，發表在《詩風》的〈滑浪的日子——給 MARILYN〉，到八十年代初也算是經常有作品發

表。之後停頓了一段頗長的時間，到一九九四年才再次在《素葉文學》發表三首作品：〈雨後〉、〈恩念〉、〈戀的美學〉，可惜也是他最後一次發表詩作。

　　周國偉的詩作，現在整理所得二十五首，不多，但每篇都耐讀。如果要簡單概括他的詩風，我會說是一種「硬」的美學。這種「硬」不但是指內容而言，更指其特有的語言形式。

二、四處漂泊的硬漢子形象

　　縱觀周氏的作品，與海洋相關的意象與意境非常多。例如他第一首作品〈滑浪的日子——給 MARILYN〉，就是以出海滑浪為詩的背景：「滑浪於藍天的日子遙遠且搖曳／雲簇像真要擱淺所有飄昇叫純真」，從中可以清楚感受到滑浪時視綫上下搖晃的律動，以及因遠望造成視覺上天與海相接，雲朵漸漸擱淺的假象；又例如〈燈下〉將掌心比擬成海洋的段落：

燈下，我看見
一條細細的小河
川流不息
帶去飈飈破碎的波光
已綻湧得破碎的波光
我張手努力掬住一把
夜寒卻無盡的滴落

小河當然是想像之辭，而那些「波光」也不過是人生旅途中詩人認為值得堅持的信念或理想，可惜當他想「張手努力掬住一把」，結果卻是徒勞：「夜寒卻無盡的滴落」，滴落的居然不是光明而是夜，是黑暗，而且還要無窮無盡。在茫茫的海洋，卻找不到一點亮光，可想而知詩人的失落。

也許，因詩人在日常生活中不斷地漂泊，所以海的意念、意象才會如此突出。這種漂泊感，最明顯的就是詩人遠赴非洲經商的那段日子。例如〈船〉，作者在後記即明白寫道：

> 最近要離開香港，本來我是十分喜歡往異地旅行的，可是，這次是為了「建基立業」，性質大不相同。這個問題已在心底裏盤纏了多時，我想，我實在需要轉換一個新的環境，新的生活方式，再一次考驗自己、認識自我的本質。實在說，這詩是自勉之作。

這種對自我考驗的過程，於是化身成一艘具體而微的船，在詩人筆下浮沉，全詩如下：

> 自昏暗的船艙步出
> 四面的濃霧即層層罩下
> 剛才的噩夢還恍惚搖盪
> 船仍是要啟碇
> 不知多少天了
> 這如風如雨的霧林

終沒散去

每天吃着僅剩的鹹魚

和小撮青澀的蔬菜

魚網不曾撒過

夢卻網上多個

但總叫人不安半天

獨自飄流的日子不好受

雲和風的移動漸變得空洞

夜燈只微弱發亮

呆對一會，便滿艙陰霾

忽地我想起太陽和泛光的海面

那時還在家人的大船

船仍是要啟碇

我知道

波浪驚拍船舷

咦咦船聲輕細的刺響

沒餌的魚鉤紋風不動

大海定有魚群和澄明的景色

就收起繩索發動馬達

讓激昂的節奏灌我滿身

向遠方進發

不航的還算是船嗎

其實，詩作描述的風景：「自昏暗的船艙步出 / 四面的濃霧即層層

罩下／剛才的噩夢還恍惚搖盪」、「這如風如雨的霧林／終沒散去／每天吃着僅剩的鹹魚／和小撮青澀的蔬菜／魚網不曾撒過／夢卻網上多個」，既是實際存在的外部環境，更是作者的心象，那些困境、苦況、挫折，除了是如實地描述旅途的艱辛，更是象徵異地對作者心靈的試煉：「那時還在家人的大船／船仍是要啟碇」。因此，作者才會在詩作的末端多次以肯定的句式來陳述對未來的期盼：「大海定有魚群和澄明的景色」、「讓激昂的節奏灌我滿身／向遠方進發／不航的還算是船嗎」。而這種自勉、自勵，又進一步強化詩作中詩人的硬漢子形象，所謂：「不航的還算是船嗎」這種積極面對未來的態度，沒有一般年輕人寫作「為賦新詞強說愁」的灰暗色調，是非常難得的。

當然，這不是說詩人的人生一帆風順，我們可以在他就讀大學時所寫的〈石島的下午〉後記看到他曾經的猶豫與困惑：

> 進大學二年多了，回想起來，這段日子對自己究竟是好是壞呢？每次捫心自問，內心總不由風塵激揚。特別是在知識（或理想）的追求而言，這階段又能否以「失敗」或「成功」來概括，然則，我相信這最後一站的學校生活，毋寧是一場重要的考驗。

未經過考驗的激昂豪語，不過是魯莽的表現，但經過試煉之後，沒有被失敗、挫折打倒而繼續堅持，就是人生境界昇華的體現，例如在另一首短詩：〈詩之外〉，周氏就這樣夫子自道：

沒有美麗的情景
或者根本便不美麗
但我寫，失敗也堅持
生活，就是如此
真實的不過是數行
刻在石上
刻在面上
無聲地醒着，堅持
即使只為自己

這種不為甚麼，只為自己的堅持，既體現在寫作，即「詩」上，更顯露在「詩之外」，即現實人生的道路上。

　　當然，在殘酷的現實面前堅持，總會有牢騷的時候，因此，我們不難在他的作品裏發現，抒情的背後，總有或多或少的議論隱藏於字裏行間，好像「且驚愕天地之豐廣，猛然／喝醒一身童稚錯幻但執拗的無望」（〈山水畫〉）、「所以他們嬉水，在河邊／那片草地／永遠屬於幻想」（〈在那遙遠的〉）。而，最顯著的例子，當屬〈要命的舞會〉，詩作借一場舞會，表達對當地人笨拙地模仿現代都市生活的無奈與感慨：

據說
這個舞會必須繼續
直至明晨
才夠隆重

> 　　（感謝在場的賓客）
> 才夠誠懇
> 　　（感謝神的恩賜）
> ……
> 我清楚聽見
> 聲音生硬又滑稽
> 一如愚笨的村婦
> 學習城市生活的規律

詩人無法與眾同樂，他感覺到的是一種無法適應的格格不入，但他仍然要強撐下去：「煙不斷的抽／反正是沒法睡了」在此處，我們再一次看到詩人的硬漢形象重複出現，與現實繼續永遠的拔河。

三、硬的修辭美學

　　一般人寫詩，都喜歡運用比喻，有時甚至出現通篇皆比的情況。但是，翻閱周國偉的詩作，以比喻構成的句子非常少。粗略統計，以喻詞「像」構成的比喻句子有四句；以喻詞「如」構成的比喻句有九句。有寫作經驗的人均會明白，這種少用比喻詞造句的寫作方式，其實非常困難，因作者必須將心中的情感或經驗，不能依賴打比方，而是轉化成一個個實際具體而微的行動或者情節，以保持作品不致落入純抽象的陳述。因此，縱觀周氏的作品，句子結構大多是比較簡單，而且字數較少，例如描述多明尼加見聞的詩作〈在那遙遠的〉，每一行的字數一般不超過八個字，最長的不過是

十個字：「所以他們嬉水，在河邊」，最短的僅有三個字：「拿着了」。而整首詩作通篇均是白描，以名詞和動詞為主：「沙地高低／微溫的水沒有魚／掬水欲飲／不若投進去／我們是魚」、「我們需要一條小舟／河中間處滿是海膽／游過去，好嗎／這裏甚麼也沒有／小舟是我們的手」，組成全篇的肌理。當然，白描，看上去好像沒有甚麼秘訣，魯迅在《南腔北調集 · 作文秘訣》也是這樣說：「『白描』卻並沒有秘訣，如果要說有，也不過是和障眼法反一調：有真意，去粉飾，少做作，勿賣弄而已。」少做作，勿賣弄，可以說，是周國偉詩的可貴處，即使在抒情詩方面，他也是以非常節制的方法寫出，例如以祝福朋友愛情開花結果的〈那夜，我們在中灣〉為例：

月亮不知升至哪裏

濃濃的簾幕般圍攏

木炭和報紙安放後

妳自衣袋摸出火柴

並且擦亮火光

風不知從何方捲掀

在月光迅速映照中，看見

石爐原來被鋪蓋過密

木炭缺乏必須的空間和氧氣

大家合力調整後

火花已逐漸可見

風不絕吹起，狠狠吹起

> 這次我們只需稍作遮擋
>
> 爐火已自裏底細細燃燒

表面是寫為石爐起火，實際也指涉朋友的愛情。一開始，「木炭和報紙安放後／妳自衣袋摸出火柴／並且擦亮火光」好像萬事俱備，起火卻遭遇困難，原因在於「石爐原來被鋪蓋過密／木炭缺乏必須的空間和氧氣」。愛情也如是，起初以為對雙方的愛慕就足以支撐一段感情，實際上人與人的交往還需要「空間和氧氣」，拿捏的分寸，才可以成就愛情：「大家合力調整後／火花已逐漸可見／風不絕吹起，狠狠吹起／這次我們只需稍作遮擋／爐火已自裏底細細燃燒。」這種以描述石爐起火的過程，從敍寫技巧而言，正是所謂「借事寓理」的表達方式，周氏以迂曲致意之筆法，避免直接訾斥之病，在藝術效果上有「欲彰還隱」之效。

對於喜歡摘句的讀者來説，周國偉的詩可説是平平無奇，因他沒有亮麗的辭藻，更沒有如上述那些精彩的比喻作句。因此，這種類近散文化的寫作，可説是一種硬的修辭學。當然，這不是説周氏沒有任何寫作技巧，試看他的〈石壁——羅便臣道速寫〉，全詩如下：

> 瘡痂的石壁
>
> 佇立路旁
>
> 傲慢或者固執
>
> 巴士跑過
>
> 單車跑過

孩子跑過
咆哮或者塵埃或者叫嚷
瘡痂的石壁
依然佇立路旁
傲慢或者固執
鳥類飛過
紙鳶飛過
花朵飛過
歌唱或者昇躍或者飄繞
瘡痂的石壁
依然佇立路旁
傲慢或者固執

深深埋藏於土壤
許久了，種籽
困厄地生長於土壤
許久了，種籽
無聲無息無光無熱
它們就這樣抽芽，增高
在石隙的狹隘間
默默叢生
在冷硬和瘡痂間
默默青綠

風起時，掌聲紛紛
一路嘲諷石壁
一路搖曳款擺而去

讀者不難發現，全篇不是以華麗的修辭取勝，而是以一種近乎民歌
式的節奏讓作品推進。例如「巴士跑過／單車跑過／孩子跑過」、
「鳥類飛過／紙鳶飛過／花朵飛過」這種類似排比的句式一再重複
出現，同時夾雜以「瘡痍的石壁」、「傲慢或者固執」、「許久了，
種籽」像流行曲的副歌般穿插其中，形成一種特有的旋律。這種句
法，和《詩經》頗有暗合之處，例如名篇《秦風・蒹葭》就是如此：

蒹葭蒼蒼，白露爲霜。所謂伊人，在水一方。
溯洄從之，道阻且長；溯游從之，宛在水中央。

蒹葭淒淒，白露未晞。所謂伊人，在水之湄。
溯洄從之，道阻且躋；溯游從之，宛在水中坻。

蒹葭采采，白露未已。所謂伊人，在水之涘。
溯洄從之，道阻且右；溯游從之，宛在水中沚。

全篇以重章迭句的形式寫作，二、三兩章的內容與首章基本相同，
僅僅個別詞語有所變換，避免了板滯，形成獨特的韻律也使詩意稍
有遞進。同時，反覆詠唱，使感情愈來愈強烈。以上的模式，正是
周國偉〈石壁——羅便臣道速寫〉寫作範本的由來。

四、結語

　　周國偉留下來的作品雖然不多，但已經可見具有一定的藝術風格與寫作母題，他的新詩，都是源自生活，取材自日常，語調舒緩，意象、比喻清晰，但追求言盡意無窮的藝術效果。而他漂泊海外的作品，除了突出詩人的堅毅形象之外，更寄託了他對世俗的思索、質疑和嚮往，因此，不難發現詩人在以詩抒情的背後，同時有不少議論穿插其中。當然，這種對社會現實的議論，後來的周國偉則偏好以論文的形式出之。也許，正是這種原因，令他後期幾乎停頓了詩創作。不過，幸好詩保存了，我們還可以看到香港詩壇這份曾經存在的聲音。

新詩部分

滑浪的日子
——給 MARILYN

滑浪於藍天的日子遙遠且搖曳

雲簇像真要擱淺所有飄昇叫純真

降落往往又稱作墮落

或許，純真只是流水的吟詠

墮落是逐漸的姿勢

總以為離去是一種灑脫

正如傷感是一項流行性感冒

第幾次摔頭會僵固為永恆？

上次已把整個黃昏摔斜為大半個墳場

日前，風徹夜的吹

季候的憂戚滌盡而風景清明

樹葉合奏般呼喚

釀造最甘美的出神

母親的催眠曲和拌着更多舒悠的聲音

那是你的調子

抑揚，滿天純淨的蔚藍等我

七六、一、二十

吃蘋果的男孩

　　一顆蘋果，綠盈盈並且光滑得發亮的蘋果，他一邊咀嚼，笑靨一邊在嘴邊隱現，有時是一陣輕拂的和風，有時是一季春日，大家都替他高興。自從他發現了這顆蘋果後，身旁的人都被他一口口的爽朗喚起內心興奮的節拍。雖然也有人被刺得顫痛。

　　青溜溜的蘋果逐漸被嘴咬成一份不完整的憂戚，恍若把長長的沙灘捲起，向外般首尾相連，於是一幅佈滿雜亂足跡的痛心景色映現。他開始感到不安，因為果核苦澀的滋味自淡至濃，他發覺這顆青綠典緻的蘋果也毫不例外的不能讓他嚐到甘美又純粹的感受，雖然，他願意放棄那美麗的外表。

　　當最後一口的苦澀自口腔湧下胸懷而且逐漸凝固為那顆蘋果核，他只好沉沉的咀咒，沉沉的決定投擲出去，像投出了自己充溢着苦澀的心。

　　此後，沒有人看見他吃蘋果，沒有人看見他微笑，也沒有人再看見他。只是，大家還偶然提起這個吃蘋果的男孩。

山水畫

穩沉的一槳打下

打住了整個山谷和碧潭

廖寂與微響的迴盪沉澱

浮昇、另一份震顫的浮昇

獨站在荒野高處般

沒有一絲溫情的撫慰

沒有一點能掌握的自信

且驚愕天地之豐廣，猛然

喝醒一身童稚錯幻但執拗的無望

一身井蛙淺陋的悲痛

一個古舊的故事自周遭逼我潰瘓

曾經，有人叫破自己的耳膜

當回音不斷在山間及山外轟起

晨曦之前

喂，再來一手罷

文邊呵欠邊嚷

有人附和，有人揚聲取笑

那些倦攏的夜

於是大伙兒又烘鬧一場夜市

時鐘不住警報

焦躁聲一下緊逼一下，迅即

激發一句粗話

和更多更長的和應

想夜真的蒼老無能了

還是我們已懂

午夜過後是翌日的安樂

窩蜂的趕往街口

提前享用早粥

努力吞送掌中騰熱

如品嘗剛才的年青

煞然，一串車輪遠處嘶叫

撕裂我們的笑臉

上牀時，他繼續那連串的故事

微灰的簾外映現一面時鐘

擰掉最末的一句罷，有人說

對，擰掉今夜吧，我想

不久，緘默宣讀房間的死寂

近日的生活牽纏如浮沙

輾轉陷落，陷落

上格牀布幕般蓋下層層陰森

身旁已是推不動的沉睡

間斷的粗濁呼吸悚然提示

他們的內在氣息

笑罵和揮打慢慢瘂瘖

家中的吵鬧卻舒緩升起

以從未有過的安詳

臉

其實，大多幽靜的小路都如是
麻石路伸越頗濃的陰翳
陽光的滴漏自小而大，最後
照耀青蔥的草地列列躺臥
躺臥，可是我們被禁止
數棵不知名的樹企路旁
一個雀躍的男孩攀爬
手足並用，而且流汗
歡笑被橫枝的荊棘截停
我們找到一張長椅
原來的鮮綠已剝蝕得灰暗
但兩人委實步行太久太倦了
突然，不敢相信這是公園一角
沙地永遠也長不出甚麼的
樹木遠遠退縮
我們坐姿依舊
只是目光滯留膝上
散漫卻蕭穆地黏住
陣陣婆娑不絕吹過，又離去
乾澀的，我聽到自己的聲音響起

風霍然捲掀一片蒼茫
烈日下，沙泥爆炸般瀰漫
老鷹黝黑的翅膀仍憤抽
隱約間，各自回身
啊！兩張呼吸困難的臉
有人說

一九七六年五月修定

我摸進森林

一、
被那茂密且沉鬱的
墨綠吸引
我摸進森林
枝椏擺疊簡單
但難懂的姿勢
叢叢的綠葉輕晃
隱藏甚麼奧秘的
許是鳥巢或其他
大家尋覓了許久的
奇葩

二、
我摸進森林
草地慢慢攤開
逐漸伸展一條路徑
鳥聲和花香提醒我
加快腳步
當四周開始昏暗
一度微輝遠處照領

預告我某項永恆的

安定

三、

天空委實非常深夜

每次舉頭

疲乏自下面擴散而上

我幾乎撞向一棵無名大樹

綠葉背後

原來是縱橫的枝幹

和凌亂的葉子

沉思當中

竟沒注視森林的環境

也看不見昆蟲的爬行

草地和小路隱沒

腳下滿佈

尚未墾拓的泥土

每個方向的視野都漆黑

並且，幢幢魅魍

遠近的起伏眼前

周遭無盡的寥寂

盪響腦袋如警鐘

我感到激流

欲自眼睛洶湧

石壁
——羅便臣道速寫

瘖瘂的石壁

佇立路旁

傲慢或者固執

巴士跑過

單車跑過

孩子跑過

呴哮或者塵埃或者叫嚷

瘖瘂的石壁

依然佇立路旁

傲慢或者固執

鳥類飛過

紙鳶飛過

花朵飛過

歌唱或者昇躍或者飄繞

瘖瘂的石壁

依然佇立路旁

傲慢或者固執

深深埋藏於土壤

許久了，種籽
困厄地生長於土壤
許久了，種籽
無聲無息無光無熱
它們就這樣抽芽，增高
在石隙的狹隘間
默默叢生
在冷硬和瘡痍間
默默青綠

風起時，掌聲紛紛
一路嘲諷石壁
一路搖曳款擺而去

一九七六年十一月二日

那夜，我們在中灣

出發的時候天色已開始陰晦

大家沿途都默默走着

不時被樹葉的顫抖驚嚇

清冷的山路總嫌太長

但誰也不甘就此回去

當石榴的清香陣陣凝聚而上

先前對眾多分岔小路的遲疑

都在微笑間消去

就轉下這長長的石階

相信梯級盡頭定有平地

引領我們步往石爐和石椅

月亮不知升至哪裏

濃濃的簾幕般圍攏

木炭和報紙安放後

妳自衣袋摸出火柴

並且擦亮火光

風不知從何方捲掀

在月光迅速映照中，看見

石爐原來被鋪蓋過密

木炭缺乏必須的空間和氧氣
大家合力調整後
火花已逐漸可見
風不絕吹起，狠狠吹起
這次我們只需稍作遮擋
爐火已自裏底細細燃燒

燒烤之前，紅紅的火點舞動
怎也掏不盡的隨風飄揚
散落暗處如群星揮灑
妳雙眸閃動中
告訴我這是一口奇妙的井
它點綴朦朧的黑夜，更
驅散四周隱伏的不安

添炭之後爐火益發旺盛
大家的臉都溫熱泛紅
眼神互遞溫婉而吻合的訊息
　　請勿說話請勿說話
雨不知何時灑滴
現在已頻密打下
兩把傘子趕忙撐開
大家靠緊坐下，妳輕聲說
不要讓爐火熄滅

傘子足可照顧我們

和中間的爐子

雨後的空氣令人爽神

地下竟是一片水光

圓圓的月盛在清空

海面有無數明亮的水流

一路指向遠方

我們吃完最末一塊烤肉

慢慢走近海邊

欣賞海灘之外的景色

一九七六年八月六日

註：

這首詩是特別為好友漢良及其女友錦儀而寫的。那晚筆者應他倆的
邀請，共同慶祝兩人的生辰。他們相愛已有不短時日，惟常不和，
前些時更欲分手，幸而現在已親親密密了。在這裏我衷誠祝福他
們。

馬路

每天，我走過
一條無盡的馬路
有時闊大且現代
有時狹窄且古舊
間或妖豔得擠眉弄眼
漆黑裏埋伏幢幢魅魎

每天，我都走過
這條引向酒樓酒店酒吧
銀行金行股票行
或任何一個你想到的地方
不分晝夜
對，紅綠燈不分晝夜
指示，悉心地指示
濃霧裏燈黃黃的飄浮
暗角有藍白的座燈
和許多交通標誌
修路時，更有深紅的
危險訊號

深紅的危險訊號

經常滿街懸掛

尤其沿着溝渠

翻起的泥土石塊和破瓦

山丘般展陳

只是，並不青綠

　　　　並不清新

愈往深處挖掘，愈是

炭黑帶水的土壤

工人在紊亂的鐵管電線間

吃力揮鋤，大多時

僅露出頭髮或頭盔

或甚麼也沒有

走近才看見

汗濕了的背心

映現黝黑的皮膚

太陽在上面朝九晚五

準時工作

城市建設者總這麼周詳

每次都讓部份道路無恙

讓車輛行駛如游魚

讓先生太太們的衣裙

和光亮的皮鞋

安全來往

甚或響噹噹的試驗

修路工程的質素

他們知道

若一次全面進行

不單有損市容

道路交通定會受不了

而怨聲載道

一九七六年十一月四日

燈下

燈下，我看見

一條細細的河流

在黑夜淙淙而曲折的

流着，游着

我微笑的仰泳

一度輕柔的暖意

傳來，自掌心

一團莫名的植物罩過來

平靜地我挑開

並讓整個臉龐浸盪水中

沁涼喚起一陣爽快

墨色的河水

竟濃情的呵擁

怎麼，河底的石塊變得

平滑且堅實

怎麼，輕柔的暖意

撫奏一首清麗的歌謠

一首在河邊和前面

揚昇的歌謠

燈下，我看見

一條細細的小河

川流不息

帶去粼粼破碎的波光

已綻湧得破碎的波光

我張手努力掬住一把

夜寒卻無盡的滴落

留下一雙蒼白的手

燈光下，緊握一拳

顛顛舉向明亮的燈

一九七七年二月二日

石島的下午

1

終於，這條長長的石級

我們踏盡了

兩旁漸鏽的鐵絲網

和裏面亂生的樹叢

是我曾經熟悉的東西

現在卻甚麼感覺也沒有

甩掉鞋子後

赤足不斷警喊

沙堆裏混着玻璃碎

很多人散坐着

近水處，兩人激烈地打賭

誰能抱起一塊大石

自水中

遠遠的樹下

一對老夫婦躺睡草上

2

堅指向矗立水中的巨石

不如設法走過去

這裏太嘈雜了，他說

我看見旁邊高低的岩石間

似有迂迴的石路

於是尾隨他輕細的步伐

果然，不久便走近那些巨石

只是最後的十多步被海水淹蓋

黝黑的石塊佈滿青苔

或灰白的蠔殼

我們必須摺高褲管

並加倍留神

獵人般堅彎腰舉步

巨石的淺褐和平闊

慢慢在我眼裏澎湃

3

堅企立高處歌唱

且傳來一兩聲叫喊

驚嘆這裏悠然隔世

我坐在最邊的一塊平石

看藍空中隱隱飄動的薄霧

耳中滿是潮聲

無盡的墨綠在下面展現

這時歌聲消失

有幾塊石頭不知被甚麼蛀穿

圓圓的小洞像通至水底

洞旁卻染有不明的污漬

天空仍是廣漠的一片藍

潮水不斷擊上

浪花的清涼散落雙腳

怎麼，浪潮不曾送上一尾游魚？

4

離去罷

到別處罷

卻看見

一群大孩了浩蕩而來

他們行至水邊時的興奮

及前行數人在水中的驚險

使我決定稍留一會

靜靜觀看

一九七六年十二月廿日

後記：

進大學二年多了，回想起來，這段日子對自己究竟是好是壞呢？每
次捫心自問，內心總不由風塵激揚。特別是在知識（或理想）的追
求而言，這階段又能否以「失敗」或「成功」來概括，然則，我相
信這最後一站的學校生活，毋寧是一場重要的考驗。

船

自昏暗的船艙步出

四面的濃霧即層層罩下

剛才的噩夢還恍惚搖盪

船仍是要啟碇

不知多少天了

這如風如雨的霧林

終沒散去

每天吃着僅剩的鹹魚

和小撮青澀的蔬菜

魚網不曾撒過

夢卻網上多個

但總叫人不安半天

獨自飄流的日子不好受

雲和風的移動漸變得空洞

夜燈只微弱發亮

呆對一會，便滿艙陰霾

忽地我想起太陽和泛粼的海面

那時還在家人的大船

船仍是要啟碇

我知道

波浪驚拍船舷
咿咿船聲輕細的刺響
沒餌的魚鉤紋風不動
大海定有魚群和澄明的景色
就收起繩索發動馬達
讓激昂的節奏灌我滿身
向遠方進發
不航的還算是船嗎

一九七七年五月

後記：最近要離開香港，本來我是十分喜歡往異地旅行的，可是，
這次是為了「建基立業」，性質大不相同。這個問題已在心底裏盤
纏了多時，我想，我實在需要轉換一個新的環境，新的生活方式，
再一次考驗自己、認識自我的本質。實在説，這詩是自勉之作。

出發

1

咖啡和啤酒之後

侍者再端上

幾乎瀉溢的雪糕

煙圈徐徐擴散

景物隨猜想成形

又頹然消失

吸吮一口熱辣，狠狠

撳死煙頭

竟加添枱面的狼藉

整夜的交談原來已經圖繪

2

候車處，的士靜伏

然後駛出如覓食的大貓

夜色中，街燈明滅

部份櫥窗燦亮眼前

風猛然掃打

褲管左右拍響

啊，是剛才火把般酒杯

在燃燒，辟辟拍拍
路旁的大樹，旋昇
並揮舞各種呼喚

3
轉入橫街，赫然看見
大牌檔兩邊聚列
人們吵鬧若市囂
吆喝聲四處擊響
有人詛咒烈日下的工作
臉孔多是紅紅的歡笑

跌進一截暗黑的街道
停步，前面逐漸明晰
一陣低沉的口哨引路
彷彿不曾打這裏起過
再轉彎時，一盞綠光
立時教人放心前行
哨子忽然激越揚起

彩紅與瘡綠

（外面是一條參差的街河
車群急激的湍流）

橫街裏的稚童團團奔跳
笑聲間竭綻放
橙條空蕩蕩，上面
展現彎彎彩虹
紅
黃
綠
藍
裁剪分明似絢麗的斑馬線
轉來又轉去
恣意地孩子們追着
手中沒有氣球或玩具槍
地上沒有波子或狗熊

上午悄悄遠去
太陽不知躲往哪裏
灰白的天空出現

小撮圍聚的人影

時而拿起攝影機時而

挪動手臂

想他們不知道

瘁綠的攀爬植物

在冷氣窗外

鐵花架上排列生長

細長的枝葉條條下垂

風起時便沙沙作響

輕柔的腰擺

像隨時會戛然斷掉

又像與孩子們比賽

看誰的笑聲長久且嘹亮

要命的舞會

1

四小時了

人們依舊扭動

像蛇蟲

又像陌生的符號

連群或獨跳

都神秘地以身體感應

笑容和神色

是燦亮的海報

奇怪的海報

據説

這個舞會必須繼續

直至明晨

才夠隆重

　　（感謝在場的賓客）

才夠誠懇

　　（感謝神的恩賜）

2

百多人的歌聲

四面轟響

不時夾雜着嘶啞的叫喊

正在休憩的樹叢

震顫，夜蟲

緘默

沒有人告訴我

那是怎樣的歌

他們喊，來

大家來唱罷

舌頭困難地捲曲

我清楚聽見

聲音生硬又滑稽

一如愚笨的村婦

學習城市生活的規律

3

枱面擺滿食物

嚐一口

趕快停下

地下還有焦黑的羊頭

被紋蠅爬吃

幸好，有些雞肉

乾硬的雞肉

讓我細細咀嚼

麵包在今夜
是不適合的
有人問
這不是豐富的美食嗎
拿一碟，甚至二三碟也可
我立即笑說
我害怕消化不良

煙不斷的抽
反正是沒法睡了

一九七七年十一月六日
尼日利亞・拉高斯

門前的景色

泥濘的小街
逐漸堅硬
走過，塵煙輕起
鞋子已是淡黃
好不容易才擦淨
我仍然記得

這裏的居民
多把垃圾棄置
野草矮樹中
彷彿陽光和雨水
會去盡污穢
或者這是施肥方法之一
喜慶節日，他們
定必大舉燒除沿街的
垃圾和蚊蠅，讓
灰燼在焦黑的土地
日漸消失
正如宰羊
留下鮮血於泥土裏

慢慢散失
慢慢在風雨和踐踏中消失

還有，日常的便溺
都在戶外解決
烈日蒸發氣息，陣陣
呼吸困難
幸好植物茁長
紫黃的玉蜀黍
橙紅的番茄
在粗黑的土人俯仰間
舞動，舞動

潔白的牙齒，展亮
那汗濕的臉孔

六時許
農獲物放滿鐵鍋
頭頂着，輕快地
走在高低的阡陌
從不懼怕
疏忽墜下
千百年來他們已懂得
直立的身軀可以支撐更重更久

他們毛髮的氣息

能驅走蚊蟲

但草樹中潛伏的蚊類

必須提防

尤其是收割的時候

天邊的雲層

亮刺刺地照耀

明天可能下雨

明天可能在雨中工作

我亦將走在泥濘的小街

一九七八年五月廿日 尼日利亞

牆的兩邊

砌就的磚牆

逐步伸延

外面，大片林野

農人墾植的玉蜀黍

雜長的椰樹棕櫚

青綠草葉

可食或有毒

各自叢生，某角

神秘的蟻穴旁

兀立大朵紫花

靜靜舒仰

日前，一道淺坑

被粗拙的鋤頭

掘成，彷彿

將排導污水

但中空的沙磚

一塊塊築疊

不平也不直

工人說這幅牆

可間開野林和屋宇

當年是小路

泥質日硬

以後，每隔百呎

一行矮牆

至少，爬蟲受阻

雨後，土地鬆滑

工人檢視泥水

灰白而凹凸的表面

縱橫蟻行

搬運果屑蟑螂

牆腳有各式壁虎

伏候蚊蠅

往屋前堆棄的垃圾

淤塞的溝水

飛出

一九七八年六月　尼日利亞

明天，當是煩忙的一天

門外一片沙地

凹凹凸凸的沙地

攤現一旁是溝渠

穢物，據說

可使泥土肥沃

一年，兩年

無人知道

或僅惹來碩大的黑蟻

肥沃，自然的肥沃

外面便是一大遍

有金黃的玉蜀黍

棕櫚，闊大的葉頂

開一瓶樹酒

清香醉人

野花和青油油的綠草

清香醉人

一天勞碌煩躁後

我多靜坐其中

看晚風吹奏飄動，悠悠

額角的汗滴自去

有時與一兩好友

射獵彩色壁虎

日間難見的歡容

便綻放田野

或躺臥樹下

守候一頭大鳥

雖然，每次都讓它飛去

在我們出神觀望中

振翅飛往遠處

覓食或舒展

而我們亦輕快的

踏過依舊凹凸的沙地和

沿路的穢物

回家

好好休息

明天，當是煩忙的一天

一九七八年九月八日

中東巴林機場過境廳

詩之外

不過是數行

想說的，就是如此

其實已足夠了

沒有美麗的情景

或者根本便不美麗

但我寫，失敗也堅持

生活，就是如此

真實的不過是數行

刻在石上

刻在面上

無聲地醒着，堅持

即使只為自己

八一年四月

多明尼加兩首之一：濃濃的夜，飲吧

1
「兄弟，飲勝
我請客」
單獨的座位
舉杯，迷糊
常見的陌生人
「明天屬於太陽的事
現在，月亮才升起哩」
「老闆，算甚麼
我有一個能幹的老婆」
「我沒有啊
只有一個可惡的老闆
所以，飲」
結賬時，人手一元
爭先請客，直至
警察進來
「我們不是朋友嗎」
他們即低頭左翻右掏
三元，五元
枱面濕淋淋的瓶子

是他們一天所得

快樂時刻，有人
帶來新唱碟
不斷投角子進自動唱機
「我是天才歌星
誰來欣賞我呢
拿去和炸魚一起吃吧
拿去換一個流轉的眼神
當你在賣香蕉菠蘿和青檸」
高歌之後大都沉默
吊扇啞啞作響
一下又一下

2
誰也不會穿上日間的破衣
週末是嘉年華會

若果臺上的樂隊不合意
扭響自備的錄音機
認識與否，今夜都忘情
在路旁扭動，笑容
溫柔如日間湛藍的海
跳舞，隨你的便

愛一夜，隨我的意

嚴厲的母親拖緊她們的女兒
高聲催促，回家
再輕佻的小子也不敢上前

3
長長的海傍大道
一半屬於嘉年華會
石椅沿海邊三步一跳
坐吧，疲倦的愛人
坐吧，醉酒的
加納比海夜裏仍然澎湃
二三十呎高的浪
灑落林立的椰子樹
帶走不少垃圾
椰子不會變做掃帚
掃帚是椰葉
重要的是椰子酒
夠平夠烈
洋酒不好

石椅寬闊
喝醉的仍會跌下

浪花翻捲，下面
鯊魚歡呼

八一年十月十八日

多明尼加兩首之二：在那遙遠的

我們要到那片草地上
遼闊的河流
不知連接何處
搖小舟過去吧

那片奇怪的草地
生長河中
清澈的水靜靜
帶動，我們

沙地高低
微溫的水沒有魚
掬水欲飲
不若投進去
我們是魚

閉氣不能持久
一隻青藍的蟹
慢慢移動
我們衝前

捉蟹，只是想捉住它

拿着了

血猛然湧出，清醒

我立即摔掉它

摔不掉的是隱隱痛楚

我們需要一條小舟

河中間處滿是海膽

游過去，好嗎

這裏甚麼也沒有

小舟是我們的手

水淺，沒浪

不用真正的泳

所以他們嬉水，在河邊

那片草地

永遠屬於幻想

後記：多明尼加有一個海灘，保加之家，水淺且淡，因為外面有一
度天然的堤壩。或許這是許多多明尼加人不懂游泳的理由。

削髮
——訪瀋陽東陵有感

可是尋訪者的熱情
十二月的關外竟不雪
不見蒼松樹掛
只鬱鬱參天
誓守山河的袁崇煥何在

「不必縉爵，給我糧草
收復失地，給我時間」
將軍，他們給你死亡
因為你率兵勤王

因為你不蹲下
蹲下吧，藩王
石獸頂住道道削髮而成的辮子
「喳」，辮子一揮
洋砲轟平內亂
「義」旗搖晃
紅顏，是誰的血把你映紅

風啊雪啊，切莫悲傷

怎不阻擋他們怎不冷醒他們

怎麼讓血

嚴寒中匯流江河

灌溉土地

青松曾被畫成右派

批判乎平反乎

依舊呼入炭氣呼出氧氣

即使冰着

當年皇太極招降

不遂，陪葬努爾哈赤的牌位

和四周華麗的殿堂

殿堂只存陰森

好戰的必死於戰場

背棄土壤

石獸枯乾而蒼松

蒼松葉髮不落

疤痕纍纍，軀幹

剝裂再上，風中雪中

見證石獸模糊

見證色彩暗瘂

八二年一月

詩三首之一：思念

黑夜中我想起
白天的雲現在面貌如何

今夜的夢可如昨夜
夢中的你可會出現
延續昨夜的你

獨自的時候
左手對右手的掌握
就如右手對左手般
肯定也不肯定

兩雙緊握的手
我們所了解的又是甚麼
我的冷暖，你的冷暖
還是分不清的冷和暖

黑夜中，你可看見我
看見的北斗
我的黑夜

可會是你的白天

我的北斗

可會是你的一朵雲彩

詩三首之二：雨後

雷雨過後

碎片我們一一收拾

整理家園

（你不用苦惱

家園必須重新）

從前應作的改變

就一併佈置吧

淤塞的渠道，雨水

教我們知道

它早應清理

滴漏不止的簷篷

必須制止

你種的一棵小樹

竟依然兀立園中

葉子抖落一地

剩留下來的

益發青翠，雨後

（你說，我們要照料

細心

讓它好好成長）

後記：

　　翻閱舊稿三篇，感慨良多。一年或十年的感情，都何其相似的消散於夜空的沉澱中，甚至不見燦爛。當年的一冊詩稿她可仍然記得？真的想知道它是否稱得上浪漫主義？

　　這陣子，終於避無可避地給我碰上一些有謂也十分無謂的人事紛爭，思潮更是交錯縱橫起來——已經不只是往日的種種親愛——雖然這都夠令人神傷。知識與理性之於變幻無常的人生，相形太絀了。

　　逝去的又豈止是四十個年頭的努力，更有我的好些理想啊。去吧，就讓它們去吧：數量的減少也許會令我更加珍惜剩留下來的一點。理想的房子只存於腦袋？只屬符號而已？理想不一定要被實現才具意義。甚至其價值在其沒有實現。房子我仍是會建構的，只因我仍可付出。只因我想知道我付出多少。

詩三首之三：雨後戀的美學

再次，你走過來
走過時空，然後凝住
你默默的說
怎麼我要遠去
我雙手便張開
想你把我捉住
想帶你一起離去
這時我才發覺你
根本不曾過來
在對面的只是我的想像

相識久了，一切便模糊
甚麼距離可才真實
你總訴說
我看到的你不是
你看到的你

熟悉的聲音熟悉的影像
我們已接受，為甚麼
不如此這般，一生

為甚麼不就把眼前的真實
看作現實

距離之後
竟剩下想像和懷念
是意識的昇華
是合理化的修正
還是自我的辯證

一九八三年四月

評論部分

死亡的惡魘
——陳映真的〈文書〉

　　戰亂時不斷的殺戮和死亡，對人的心理會有甚麼影響？尤其對士兵而言，他們所面對的，是素未謀面的「敵人」，而他們的職責，便是傾力的去將之殺戮消滅，直至有號令叫他們停止。長年以來面對死亡和殺戮，是怎麼的一回事？是怎樣的世界？

　　陳映真在他的短篇小說〈文書〉的答案是，這是一個惡魘，它的影響足以使自受者精神錯亂，而致釀成悲劇。

　　〈文書〉中的安某是一個自幼便耳聞目睹死亡與殺戮的善良者。或許真有人可以殺人如家常，但他不能。每次這樣的經驗他的心靈便種下一道惡苗，這惡苗日漸生長延擴。然而他不得不對準敵人板下機槍，這是他在戰場上的責任。所以，他內心的痛苦可以想見。後來，他退役到一小鎮經營紗廠。因為軍中沒有女子，他自白謂「便一直在買賣的愛情裏求得滿足。由是我對女子的眼光，也一直是惡戲的」。一天，他引誘了一女工，但當他觸摸到伊的身體時，他竟感到一陣熱流於胸間澎湃：

　　　　一種從未知道過的愛憐之感流遍了我的全身體。

其實，這是他長久以來受煎熬的情緒的解放：他善良而富同情心，但基於戰爭的任務，他不得不殘忍和冷酷（對女子也如是）。現在，

他能過一點正常生活了，故此，他常久被壓抑的愛心便自由地奔放了，他娶了那女工，由色慾昇華為純高的愛情。

但是令他苦惱的，是那些深刻的陰影的回憶。原來，他自小便遇上了死亡的事情：家中的下人馮炘嫂的自殺；從老僕人老秦口中，聽到了不少戰爭殺人的故事；後來，他參軍，在一次混亂的槍戰中，他將自己的關排長敵人一樣射殺了。這位關排長曾被他的祖父的部下割去一塊胸肉，更當着他面前煮吃了。這位排長對待他格外嚴厲，經常凌辱他作為報復。他內心的感受是複雜而重壓的，一方面，他的祖父曾殘忍地對待過關排長；另方面，關排長日常卻給了他不少的苦頭，終至：

> 我的如火的怨毒與日繼增地成長着，一層層地在我的心魂之底沉澱着，堆積着。

他退役之前，曾執行過一次刑場的劊子手，那是一個非常年青的死囚。而他便是自己後來娶的妻子的哥哥。作者沒有指明他是她的哥哥，但我們從作者對兩人的描述（均年青、白皙而長得有些女性化），可作如是觀。總之，主角便一直把那個被他射死的年青人當作是妻子早年死於監獄的哥哥。

我們既知道主角對家中女下人的懸樑自殺、關排長之死及那青年的死刑都有刻骨銘心的印象——特別因為後兩人是被他親手射殺的，而這些印象在他心裏逐漸凝定成一種摔不掉的惡魔。終於有一夜，他在重重幻覺中射殺了自己的愛妻。作者陳映真把這份複雜、痛心的經驗與瘋狂的舉動，在一隻貓的多次出現中貫串架構起來，

成為一篇結構相當慎密的小說。

　　主角第一次親眼見到死亡的時候，便遇上一隻極幼小的鼠色貓，「用牠綠得很的眼，注視着我」，而且「牠用那桃紅的微濕的鼻子嗅着我」。接着，作者明顯地寫：

> 大約便從那時起，這鼠色的貓便噬住我的靈魂了。牠嗅去了我的靈魂了。

作者在這裏對後來的事件留下了一個伏線。

　　當他在混亂中射殺了關排長後，他往關排長的房間去，就在這個時候，他第二度看見了牠：

> 一隻鼠色的貓——在這塞外的野戰地——端坐在排長的案頭，張着翠綠得很的眼睛，注視着我。

主角隨着時間一秒一秒的擺動而開始驚惶起來。他終於霍然站起，那鼠色的矯健的貓便煙一般的逃竄去。

　　雖然在那位青年死亡時沒有牠的出現，但他卻與前兩次碰見死亡的感受相若——很不適，或甚至是耿耿於懷般害怕。

　　他第三次遇上貓是在新婚不久的一個晚上，妻子憐愛的抱着一隻鼠色貓，他看後便立刻感到不安。牠不單是鼠色的，竟也是以那樣翠綠的眼睛耽視着他，然後便霍然地躍開逸去。原來，那是她家裏的貓。牠在她家裏第一次出現便是哥哥死前的一天。因她的描述，他憶起了那個少年死囚之死。之後，他便很久沒有再看見牠了。

但一天，他赫然看見一個少年伏臥在自己的臥室，後者的臉孔竟與那死去的少年同一模樣，他突然孩子般哭了起來，而那少年也驀然消失，只見那鼠色的貓躍下窗子。其實，這是他的幻覺，他見到的只是那隻貓。自此，他病倒下來。這是作者替後文留下的一道伏筆，好扣緊情節，在氣氛方面，也安排一個小高潮。

　　全篇的高潮發生在一夜，他獨自起來，赫然，又見到那少年站在牀邊。他再也忍不住這樣的精神騷擾與刺激了，於是：

> 我在茶几的抽屜裏握住左輪，對着他開放起來。少年也是那樣簡捷地僕落在牀下，不料卻成了關胖子的伏臥的死屍。我於是又朝着胖子連發兩槍，槍彈打翻了他的身體，又懸掛在半空裏了；馮炘嫂背着我輕輕地動盪着伊的影子。我不住地發着槍，直到彈盡。

　　槍聲過後他發覺牀上甚麼也沒有，只是血泊中僵臥着那鼠色的貓與妻。

　　貓在小說中是不祥的象徵，也是全文的一個主要意象，每次的出現都與死亡或死亡的預兆相關，而這點主角是很清楚的，因而，他述惕、憂慮，終至錯見少年的影子而射死了自己的妻子。

　　讀完這篇樸實而感人的短篇後，心中不期然想起主角安某的精神錯亂。他作過多次逼不得已的殺戮，可是，受傷最重的還是他，甚至戰爭過後，他依然負着戰爭的傷痕繼續活他其他大部份的日子。而像他那般受傷的人，當有更多，然則誰來負此責呢？或許更重要的是，應如何治療呢？

讀羅青的一首詩

　　哲理詩很難寫得好，若非流於説教，便是陷於散文式的文句，兩者都未能融合情才，故此類詩作往往給人一份冷淡的感覺。年青詩人羅青寫了不少哲理詩，其中不乏佳作，可謂青年一輩的表表者，現在試談談他的〈那該多好〉，這首詩收在他第一本詩集《吃西瓜的方法》第二卷夢的練習。為方便討論，現抄錄如下：

有一個人
拿一把砍山刀
砍一棵相思樹
一邊砍一邊想
若是世上沒有砍山刀
那該多好……
一邊想一邊砍
若是世上沒有相思樹
那該多好

有一個人
在一個狂風暴雨的深夜裏
在一個沒人去過的深山裏
手拿一把斷了的砍山刀

身藏一座枯死的相思林
不砍甚麼，不想甚麼
只用刀尖，在泥濘的地上，反覆寫着
反覆寫着一堆瘦骨嶙峋的字體
若是世上沒人，那該多好！

　　無論我們的家庭背景是富是貧，教育水準是高是低，每人都可
以掌握到一點知識（可以由生活上吸取），一點做事的能力。詩中，
作者便以「砍山刀」象徵這項知識、能力或工具。很自然地，有「砍
山刀」的人定會有他心目中的「相思樹」，那是他欲砍中的目標，
雖然那目標可能是崇高的，可能是低微的。所以，羅青開始便寫：
「有一個人／拿一把砍山刀／砍一棵相思樹」，其實，他並非單指
某人，而是化為千千萬萬的人，他們其實都是做着砍樹的工作，雖
或那僅是一棵平庸不顯眼的樹。不過，工作做久了，便會如此嘆息：

若是世上沒有砍山刀
那該多好⋯⋯
⋯⋯⋯⋯⋯⋯
若是世上沒有相思樹
那該多好

　　其實，我們就是擺脫不了已掌握或享有的「砍山刀」，於是不
斷在砍樹或找樹砍，而往往砍樹後的感受是失落的：原來也不過如
此罷了，逐漸我們會對這項追逐感到氣餒、頹喪，然而，最大的苦

困莫過於手中的一把砍山刀，我們怎能克服或超越自己手裏的東西呢？

作者沒有以説教的口吻表示我們應怎樣做，但通過生活及生命的體驗，他呈現了一種觀感。那個人「在一個狂風暴雨的深夜裏，在一個沒人去過的深山裏」，憬悟了一條道理。這裏的兩個意象「狂風暴雨的深夜」及「沒人去過的深山」委實豐繁，前者不單指他心緒的猛烈湧擊，也包涵有搗毀一切（甚至相思樹）的意思；後者亦有合二為一的隱義：就是有很多很多相思樹也改變不了他這種堅定不移的心態，以及與其他人的差異──他不再砍甚麼，不再想甚麼，只希望：

若是世上沒人，那該多好！

若自己不曾存在，便不會有「砍山刀」，亦沒有「相思樹」，那麼，又怎會有那些前面提到的失望、頹喪呢？作者對此點不能説沒有暗示：

手拿一把斷了的砍山刀
身藏一座枯死的相思林

可見其挫敗破滅感之由來。同時，由「刀尖」、「泥濘」、「反覆」、「瘦骨鱗峋的字體」等辭，不難想見他被日子磨削侵蝕得可以了，才會有不欲生存之慨。

全詩僅十八行，淺白的文字卻蘊藏着深重的意義，使人讀後非

但不感到說教式的牽強及概念化的表現，而且感慨不已。透過作者生動有力的象徵及演繹（由不欲有刀、不欲有樹而不欲生存）手法，我們像看到一個滿臉風霜的老者，莊嚴且深摯的對我們說出他最最真切的體驗。

一九七六年四月十日

蓬草的〈馬可〉

　　蓬草的散文，約莫每月一篇在星日副刊看見，每次，筆者都再三細讀。大體上，蓬草的散文在細緻中微帶憂鬱，對小事物、小動作的描繪非常精到、深刻。現在，想談談她在十月十二日星日副刊刊登的〈馬可〉，特別是關於此文的寫作技巧。

　　首先，簡單的敘述〈馬可〉一文的內容：整篇文章發生於一天晚上，「我」如何初次遇見一個失戀、孤單的人，馬可，及稍後出外閒逛傾談的經過，從而呈現出一個「激越的，溫柔的、愛戀的、仇恨的」人。可說是普遍得可以的故事，只是，蓬草不單異常傳神地表現當時的環境和氣氛，並且在文字間含蓄地流露出自己的感受。作者運用了適切的對比和意象。現先討論意象的使用。

一

　　開始時，作者已說：「屋子裏密密滿是人，很不舒服地分成兩部份。」一類是說廣東話的，一類是說法語的，而這些人雖然共處一室，卻不能和諧溝通，有些甚至倒退房中看連環圖書哩！其實，這不僅是表面的情形，就整篇來看，這根本便是「我」和馬可的關係，各人內心始終是有明顯的差距，「我」不能接受馬可對苦難的自溺和自炫，她選擇傲然的默受。

　　在下一段的頭數行裏，「馬可不停咳嗽」，而當「我」問他可有吃藥，他便戲劇性的說他患了不治之症。若想深一層，他的病其

實是與失戀有關，而且，真的是不治之症，並不是「戲劇性的說」那麼輕鬆。由於他太太和別人另有私情，卻不肯與他離婚，馬可便「不快樂得整天抽煙喝酒晚上不睡覺」，不過，這只能令他肉體受害，若他依然不能自解自釋，時間一久，心底裏的苦結便不可救治了，故事後部，馬可開始對敍述的「我」這一角色發生興趣，由此，我們對馬可的性格有進一步的了解，他對太太的愛意並非怎麼深刻和摯誠，否則怎麼會在數小時間熱切地追求另一女孩，況且，他剛才還悲哀、怨懟地歌唱和「故意做出許多與眾不同的事」，坦白說，他是一個不懂甚麼是愛與不愛的人，這種種過分自憐，自傷、自溺和軟弱，正是他的不治之症！

還有一個十分重要的意象在故事中部施展出來：「馬可扮演着一個『危險司機』的角色，把車子顛來倒去……我覺得這真是不必要，也勸了他兩句……」他的行為純然是由於內心的激動和怨懟，一個危險的司機，對，他若繼續下去，只會是別人及自己的危險司機，他輕狂而浮躁的心態絕不會引帶別人及自己至甚麼美好的境地，因為設使有女孩子與他相好，以他的個性在這個基礎發展而來的感情，終究不會有好結果的，就是對他自己，也不外是深陷泥沼。而「我」對他的勸阻，不單止於當時，故事末端的高潮，亦同樣對他因耐不住過分的自憐、寂寞而亂抓以求生的態度，勵言疾色地批評他是自我驕縱了，「馬可，你需要的是一個女人，去代替你的妻子，這是不難找的，但我一定不可能是那個女人。」

二

文中對比的使用很多，不過最重要的，不是究竟採用了甚麼技

巧，而是用後的效果和對全篇的意義在哪裏。前面雖然沒有特別說明這是某個意象達至的效果，但通過意象與內容兩者之間的關連，我們已知悉全文的主題被這些意象渾圓連貫地提示出來，而沒有強硬介入的痕跡。

第一個對比出現於故事中部作者描述女主人和馬可兩人動態之時，前者是「一個活潑可愛說話不停的小婦人，整夜獨有她鳥兒般的吱喳」，而後者則是「悽惻的歌唱」，「歌聲中有太多難以言述的怨懟」，通過前者的歡欣喜悅，我們益感到後者的悲哀、痛苦。第二個對比是下段的「我們盡量向他們（其他客人）介紹這個美麗又多吃食玩樂的」中秋節，這與馬可的心情無異是大相逕庭，效果與前一個相若。

隔兩段，作者說主人和其他人客有意撮合兩人，故當去到酒吧，其他人站得好遠，其實他們對她的性格喜好真是不了解，她和馬可怎會是相悅的呢！雖然表面上兩人十分接近，內心卻是雲海分隔。而第四個對比無論表面上使用的手法和意義都與前者相似，就在接着的一段：「一群人中，我時常是提議離開的一個，人們永遠害怕先說：『讓我們走吧！』」事實上，她確有說讓我們走吧，表面上，作者已明白地表示出她與一般人的迥異，更深一層的意義卻是她欲離開馬可，她根本便不滿馬可的心態，可是後者卻努力在糾纏着。最末的對比，相信是最濃烈而明顯的一個了，距離全文終結不及一百字，她清楚地對他表示心意，並告誡一番，（前引），馬可在冷風中消褪幾分酒意，低聲說「我是認真的！」而她卻站起來，很想發笑。她要笑的是他的過分性格和無知得可憐的態度。

以上的五個對比中，除了第一、二是在暗示馬可的心境外，其

餘都是或強或弱，或明或隱的暗示馬可與她內心的差距，使我們對馬可，及二人的個性，特別是情感的承受這方面，有非常形象化的感受。

三

　　最後，想分析〈馬可〉一文的文字結構。很明顯，情節是順時間的先後而直線發展，除了第三段算是「我」個人觀感的穿插。然而，這段的安排亦頗有機心，因為那時，「我」已對馬可有相當的認識。若安放在前面，由於事前沒有交待，引介，讀來便十分突兀；若放在後面，則由於餘下的三段全都十分「繁忙」，不適合整個故事的發展。

　　第二點想提出來的，是一個比較微小的細節──二次鐘點的敍述，對她內心對馬可的看法有婉轉而巧妙的暗示。在酒吧內「一切很熱鬧也很疲倦，到底是晚上一時多了」；還有，在故事的結尾，即她教訓完他之後「一個過路的人便告訴我們：『噯，一時三十分了。』」，兩次時間的提醒，正如她先前在街上看見無數夜行人，「好像大家都不要睡覺，也不要性命的樣子。」似乎是對正在糟塌自己的馬可而發的。

　　最後，放眼文章的主題結構，發覺故事的主題隨着情節的推展而逐漸披露，開始時，不過是寫馬可這麼的一個人，接着便是自己的觀感，最後是她和馬可的那段「感情」的明朗顯現，故事在這裏便收住了，令人讀後還濃濃地感到陣陣悲傷和憐憫，屬於馬可的悲傷和對他的憐憫。當然，對整個氣氛的營造，前文提及的意象和對比，和剛才的時間問題，都一直在故事底層和後半部發揮效用，至

此，可見作者在結構方面的細心，意象方面的貫串，對比方面的準
確、強烈，和時間方面的暗示，實為全篇成功之所繫。

張景熊的一首詩

張景熊的〈PORTBELLO 一九七六年九月〉發表在第二期的《羅盤》。是詩寫他在英國某地方所見的情景——混亂而蕪雜,透過相關意象的鋪陳,我們感悟一份平靜的等待,是某些美好或有希望的事物,如一首歌、一顆果實......

詩一開始,便説:

> 我口袋裏
> 有幾張海嘯的
> 明信片......
> ......
> 還有一張英瑪,褒曼
> 呼喊與低訴的票子

「海嘯」、「呼喊」、「低訴」這些感情濃烈的意象必須特別留意,因為後數行的:

> 你仍沒有奏過
> 沒有唱過一支歌

這支歌在全詩結尾時又一次出現,同樣是一首未有奏出的歌,而作

者當時正在守候着「你」的歌唱；由等待入場到等待一首歌，這裏
已分不清究竟是電影的「呼喊與低訴」，還是他心底的感受了。

前面提到當時的環境混亂而蕪雜，這在第二段有清晰的湧現：

> 踏過紙屑破膠布
> 蔬菜和棄置的果實

稍後更有「行人奔走」。這種場合其實沒有甚麼值得守候，然而，
「我」就是堅持一些美好事物的出現：

> 催促的響號聲
> 紙屑和殘餘的蔬果堆
> 有人撿拾果實

況且，由結尾的四行，可見「我」的等待是平靜的：

> 我停在簷下
> 記着你
> 歌唱時的
> 模樣

當然，若詩中僅呈現這份較為輕淡的交待，毋寧是不夠深澈了。我
們有理由相信在過去了的美好事物：

那些閃耀的銀器

收進車尾箱

駛去

和將會降臨的中間，當事人內心定有更形複雜而深刻：

反光的玻璃窗

藍色變成了灰白

這顏色的變化表面上是時間漸晚所致，但我們可作深一層的聯
想——心情的黯然無奈。

此外，隔一段的：

ELECTRIC CINEMA CLUB 的

燈色和等候的人們

溶在對面

沒有光的櫥窗上

亦可作如是觀。

作者也知道不單是他們在等待，凡抱有希望的也在等待，不
過，有些人所企盼的是比較卑微的，有些則比較崇高，詩中出現的
大多是前者，然而，無論是前者或後者，對當事人而言，若那是一
件饒有意義的事情，不是已十分足夠了嗎？所以，「藍衣清道夫們
／等候在雨中拭掃」；在「紙屑和殘餘的蔬果堆／有人撿拾果實」；

而「我」在期望「你」的歌唱。

張景熊的詩一向是靜中帶動，動中具靜的。是詩當屬於後一類的作品。在「動」的環境和個人心底的「靜」中，詩內守候之情便更呈強烈和持久。

一九七七年二月廿二日

《百年孤寂》：生命的寫照

　　《百年孤寂》出版時，加西亞‧馬爾克斯四十歲。這本書他寫了十八個月，正確地說，他把故事蘊釀了廿年才執筆寫下來。這部長篇小說總結了他以前的作品，如《依莎貝在馬孔多看雨的獨白》、《沒有人寫信給上校》；他進一步發展以前出現過的時空和主題：上校、馬孔多鎮、孤寂等，建立一個較為完整的世界。

　　《百年孤寂》寫的是孤寂的故事，但看完以後，它使人不怕孤寂；它也訴說一個地方的興盛和衰落，其意義毋寧是進步的。

　　這是一本博大而豐富的書，充滿奇異的經歷。布恩地亞六代百年的歷史，作者不用平鋪直述的方法，而以一個迂迴反覆的架構：時間被敲碎又重整、人物逝去又再現，這個設計毋寧與主題更為契合。閱讀時，我們一方面驚嘆作者的創作力，另一方面，愈是小心細讀，愈發覺一個主題從不同角度觀照，多個主題的互相襯托和影響，益發顯示作者的魄力和野心。

　　小說的第一章是全書的撮要，也是整個結構的基礎，發展至最後一節，主題與結構頓然扣緊，彷彿是一條長長的索子的另一頭，也可以說是另一面鏡子，與前面互相對照、投射。最明顯的一條線索是老祖母烏蘇拉的憂慮——因亂倫而誕下拖着尾巴的怪物，在第一章她提出這個傳說，因為她自己與表兄結為夫婦，但各代一路繁衍都沒有出事（他們曾知道或不知道的與近親交合），最後，事情

竟實現在最後一個人身上。這不僅是結構上的迴旋，也是命運這主題的作弄和難料。

而且，書中有書；敍述者和最後的一個人物的關係，好比作者和讀者，也是作品和時間的關係。

從橫切面剖析，許多重要的事件和人物都直接或間接地呈現兩股力量的作用：真實和虛構、變幻和恆久、前進和保守。它們的抗衡和正反關係，逐步深化和廣博小說的題旨。小說雖長，但好些東西是一再朝着某一個意義不斷發展的，比方説，「鏡子」這個意象就幾乎貫串全書、布家六代人的名字重複，大家的名字都是由某幾字所組成，同時，好幾個情景會令人感覺已經出現過了，在這些相似的片段中，我們看到了作者心思精密和小説的多重意義，而這意義就好像小説本身，是真實的生命：歷史文化、命運、文學藝術。

小説背境馬孔多鎮在加 · 馬爾克斯的世界中經常出現，可視為他認識的社會的縮影和象徵，其實，不僅如此，這個地方，由於它的故事和特色，亦是他的祖國哥倫比亞，甚至整個南美洲的縮影和象徵。書中敍述了新事物如冰、磁石、放大鏡的初次出現，上校領導的內戰，外國香蕉公司的建立和撤走。誠然，這些新事物對舊文化掀起了一定程度的衝擊，但沒有對當地人帶來甚麼真正的好處，對他們的生活不曾造成甚麼恩惠，反而是一些理想的幻滅和面對新事物的自卑和打擊，這個家族的創始人何塞 · 阿卡迪奧 · 布恩地亞是其中一個例子。

另外，「火車」這個象徵溝通的媒介，載來一個美國人，布家熱情款待他（以香蕉），但他卻帶來一間香蕉公司，最後，當地人

不滿這外國公司的苛刻，「火車」把三千工人的屍體送往海裏。布家有人知道真相，但無知的鄉民不相信他。而此人後來亦變成隱者，生死難分。溝通和成長關係密切，小說中的溝通卻多是不成功的。

歷史中的南美洲也是那般孤立落後、雨災旱災、政治腐敗、內戰頻密、備受歐美資本主義的蹂躪，整個地方，就像布恩地亞家族：男的全具有突破自己的熾熱，面對死亡而無懼；而女的卻有大地的力量，保持生命的繁衍。書中多次來臨的吉卜賽人，也分為兩種：誠實的，帶來新知識的；另一些卻是來搾取金錢的。質言之，他們欲與外面世界溝通，追求進步和幸福，可是，付出代價之餘，而且受創。

從《沒有人寫信給上校》開始，奧雷利亞諾上校的形象已深入讀者心中，現在，《百年孤寂》給他一個全面的歷史，由他出生至死亡全部記錄下來，他是十分重要的角色，他佔的篇幅最多。他走出馬孔多，在外面幹過轟烈的革命事業，可是，他逐漸醒悟到這一切都是徒然和虛惘的；他由燦爛歸於暗淡，晚年埋首製造金魚（外來的科技）和沉重的回憶中。一個曾經叱咤風雲的人物，竟在人們「最意外」的時候死去，（跟他父親一樣，靜悄悄的死於樹旁），「最意外」的原因是他可以逃過槍斃和無數的暗殺，就連自殺也不能終止生命，卻擺脫不了上天的安排，生死的冥冥難料在他一生中表露無遺；而且，戰後的日子充份反映他當年的理想是虛幻的，長年的戰爭沒改變甚麼，政治如昔，人民生活依舊，他換來的，只是晚年的孤寂，他甚至不與家人溝通；而在他把一條條的金魚鑄造

又溶掉之中，一份對一切努力的唏噓，無聲地擴散開來。本來透過他領導的內戰可以令社會進步，同時，這亦是他與外面接觸的好機會，但他失敗，連他在戰亂時所生的十七個兒子也跑回家鄉，一個個死於非命；是懲罰抑或絕望？

其實，整個小說的其中一個主題是命運。除了上校，我們還找到許多線索和命運的軌跡——布家的名字的重複、時間的輪迴、生死的難分。這些「重複」、「輪迴」、「難分」在小說的結構中前後起伏，互相呼應和推動，一條幹線在另一個人物或時空搭上另一條，同一個人物在另一個時空裏，卻倒敘或發展了同一個主題，有時，另一個人物又對同一個主題作不同的暗示或反射。

名字的重複是突出主題的重要手法之一。有兩個名字分別代表不同的性格和傾向：奧雷利亞諾——內向、頭腦清晰、追求刺激；何塞 · 阿卡迪奧——激動、好想像、但有明顯的悲劇性。而且，布家的男人多是激情、滿腦子奇異思想、但脆弱和不大穩定，至於女人則是比較簡單但理智、安定和踏實的，所以，男的往往在女的身上找到依靠。尤其值得注意的是布家的老祖母烏蘇拉，她除了扮演一家之主的角色，為這個家族鞠躬盡粹，獨力支撐這個逐漸衰落的家。同時，她更在家庭中負起平衡和包容男性幻想傾向的功能，她怎也令自己保持真實感，當男的「奇思異想」湧現，她便盡力馴服，她採取的態度，不是對抗而是包容。她一直讓布家的老頭子幹種種的試驗和怪事，但當他提出離開馬孔多時，她堅決反對：「我們不能走，因為我們在這裏生下了孩子……你不應只埋首於荒誕的發明中，你應管教孩子，看，他們好像驢子般亂跑。」他聽後果然認真傳授他們許多新知識；現實和幻想的結合在一起。但更多時，

我們看到男女不平衡的情況，單方面的高漲往往導致荒誕、墮落、放逐或枯萎的事件，幾乎直至小說最後才出現一對相親相愛的人，但他們亦逃不脫命運的播弄，原來他倆是近親，亂倫的結局是家族的毀滅。

「時間」的傳統觀念在小說中被打破了，不是順序的百年記事，也不是簡單的倒述或回憶。馬爾克斯用了一個全新的系統，他的世界裏，時間不單可以倒流、跳躍，更可以停留，在先知梅基亞蒂斯的房間，時間是不變的，一切依舊；至於倒流，在人物的回憶及事件的反覆呈現中多次出現；時間的跳躍則更為清楚易見，「三十年後」、「那天」、「那事之後」、「後來」諸如此類的時間性交待一再使用，但都不是順序連接的，而是前後跳躍。《百年孤寂》開始的時候便說，「當上校在許多年後面對着射擊隊時，便會記起某個下午，他父親曾帶他去看冰」，在這裏，時間被分割且壓縮，這和全書的結構一樣，一開始已經是小說核心的一個橫切面，再經後面情節（上校面對着行刑的射擊隊時）的發展，主題便呈現出來；命運，像似過去又回來的「時間」那樣，常尾隨着人物，絲毫沒有放鬆。

上面提到的結構的重複，亦與時間的輪迴有緊密的關連。烏蘇拉活到百多歲時，身體已縮細為小孩子那般，彷彿又返回開始時的模樣，但那不過是表面而已。有一點值得注意的是「時間」完全被馬爾克斯操運自如，當烏蘇拉年老時說：「時間好像倒轉而行」，我們若跟隨這話而把作者的敍述倒看一遍，當發覺布家和馬孔多的發展在某一點（大雨）以後，便朝原來逐步倒退，與時間的前行相反，進步的跡線對面竟然是退步。

　　談到「時間」，便不能不提「生死」這觀念。本來，烏蘇拉活到百多歲已算是一種特別的處理了，但小說中還經常出現生死無異的人物，他們有些是死人的靈魂，有些卻預知自己的死期而替人傳「信」給死去的親人，文字的確能超越時空。還有些卻是死去又復活——梅基亞蒂斯，他不死不滅，預言了這個家族的死亡，他是小說的敍述者，他回來與他的人物溝通，（他是何塞·阿卡迪奧·布恩地亞的好友），指引羊皮紙的翻譯者如何理出符號背後的涵義，他是作者馬爾克斯。過去、現在、將來完全被作者掌握，而主題的發展亦清楚了然，人類命運的難料、事與事之間的相連相生、轉變和恆久、外在和本質，全都既具體又抽象，是虛構又是現實。

　　最後，在結尾時，小說出人意料的宣告：這個家族最後一個男人翻譯出梅基亞蒂斯的預言時，當是他們消失的時候，風會把馬孔多鎮捲去。這裏是小說的終結，也是開始：我們開始思索一些貫徹全書的脈絡：這個最後的男人奧雷利亞諾（第六代）有沒有死去？他在幹的工作有何意義？結尾說到馬孔多鎮的消失是甚麼意思呢？何以這個羊皮紙上面寫的預言不能重複？而這份羊皮紙又可會消失呢？

　　這些疑問全指向一個大問題：文學藝術的本質。

　　羊皮紙的作者是先知梅基亞蒂斯，預言，就是這本書《百年孤寂》的全部內容，即是說梅基亞蒂斯便是馬爾克斯，那麼，這本書當然沒有消失，也不會消失，因為我們大家都在看這本書，而且，這本書在一百年之前便寫成，這是說，文學作品是與時間比賽的，看誰能經得起考驗。至於預言的翻譯者，作者沒有言明他的下落，

我們不知道外面的旋風是否會把這個房間連同他一塊帶走，但作者的暗示是明顯的，他在幹的翻譯，好比作者的文學創作；在完成工作之後，他已經不及作品重要，面對時間（風）的，是作品本身。至於他會否走出這個房間的問題，我們可以作這樣的理解：外面旋風咆哮，但始終不曾觸及這裏，而且，從前面多次提到這細小孤立的房間，我們知道在這兒，時間停留不前，不會過去，即使是「空氣和塵埃也無法進入」，與外面瀕於消滅的世界相比，翻譯者所處的是另一個天地，另一個層面，他甚至「感覺不到旋風捲走了門窗」，他只知道「自己是絕不會離開」這個藝術天地的。

其次，文學作品的取材及反映（鏡子）的是人生，而且是全部的人生，人生豈能重複呢？不只不能重複，也不管如何過日子，以何種方式，它仍是會過去的、消失的，但文學作品長存。

作者在這方面的暗示還有許多，先從全書第一章說起，當布家及其他人抵達馬孔多的時候，由於這是一個新天地，許多東西未有名稱，他們都得一邊說話一邊以手指着物件，後來便替它們命名，藉以表達意思，「文字」是人與人之間溝通的系統；小說中部馬孔多鎮上的人患了失憶症，大家提防日後的「無知」，也一一為事物標明註釋，如「這是一頭牛，它必須每天搾奶，牛奶煮後，便可和咖啡一起用」，喝咖啡這麼簡單的事情，也要借助文字，以免將來無知；歷史的意義就是這樣。還有，到全書結局時，預言翻譯成功，文字更成為生命的詮釋。

再以馬孔多鎮的消失來說，作者說：「這個鏡子的城市會被風捲走、會消失於人類的記憶。」這裏觸及了一個重要的問題，亦提供我們一些重要的線索：鏡子的城市和人類的記憶。鏡子這個意象

曾多次出現，馬孔多的房子像鏡子，當無數的鏡子放在一起，它們
所反映出來的影像會如何？是真是假呢？是事實還是多重轉折得近
乎虛構，令人難以置信呢？事實上，作者自己說過，在南美洲許多
東西的發生是不可思議的，而且，昨日的想像往往會在明天成為事
實。此外，南美洲的氣候是那麼變幻莫側，十分鐘前天朗氣清，一
下子就會滂沱大雨；更重要的是它的文化多受歐美國家影響（如西
班牙和美國），大都市尤其顯著，而都市和鄉鎮的距離不遠（鄉村
受印第安文化影響），所以，小說中的黃花雨和死人重返舊地的奇
異情景是既虛幻又真實的。

在作者的世界觀中，現實和想像既然是如斯接近，那麼他的作
品自然給予我們（尤其異國讀者）一份想像新奇的感覺。在小說裏，
不單有荒誕不經的片段，也有些近似新聞報導的準確資料，如下了
四年十一個月零兩天的雨，有人死後血液從某處流至某處、左右轉
彎，最後去到在廚房工作的烏蘇拉腳下，虛實相交，好像是事實與
想像的觀照。文學來自現實生活，但經過作者內心世界（理性和感
性）的過濾和昇華後，就像無數鏡子的反映作用，看起來不全是事
實的模樣，細心思想，卻還是真實的，甚或更真。人生如是，文學
如是。

「真」也可能是「假」的。《百年孤寂》的外國香蕉公司屠殺
了三千人，但官方宣稱根本沒這回事，有人親身經歷這事，但公開
在眾人面前的報告，又不是原來的樣子了，相信，在南美洲各地，
類似的事情有不少了，歷史記載的真實性令人懷疑，既然連歷史也
不能盡信，既然所謂真實不過是從一些人的記憶或主意而來，小說
作者何以不能憑他的良知和豐富的想像力，在現實中取材而另成一

價值系統，或許，這會更加接近真相。

看到奧雷利亞諾埋首於羊皮紙上的意義時，讀者會自然地對他面前的文字十分謹慎，把字裏行間的訊息全部細加分析，並且與前面的部份連在一起來看，（預言是由一種以上的古文寫成），最後，全書的主要脈絡呈現紙上，讀者與作者之間的距離縮短了，除了上面提到的歷史文化和人類命運的題旨外，他將會感受到另一層境界——文學是人類面對孤寂人生和死亡的最佳處理方式；若果生命是一去不返的，若果現實和想像真是一線之隔，若果事物的外表是虛假的，若果文學創作（或欣賞）真是能夠改變和推動人的觀念：過去、現在及將來，文學藝術為何不可以是人類掌握世界的方式、自己的真實和外面的真實的統一。

這是一份讀書報告，我從南美洲的現實走到自己的現實，從加·馬爾克斯的真實走到藝術的真實。

《蒼蠅王》扎記

一、二次大戰

　　高定在二次大戰時是海軍上尉，親歷了很多場重要的戰役。在這次大戰中，原子彈首次使用，它的毀滅能力及災害令當時的人感到非常擔憂，而且，戰後的世界瀰漫一片悲觀的思想——一方面人性的醜惡表露無遺，另方面，西方國家誇耀的先進科技竟帶來無法估計的滅亡，那麼，人們不禁問，究竟人類的發展是趨向和平、和諧、抑或非人性化、弱肉強食呢？目睹甚至執行過殺戮的高定，難免感到戰爭中的人與野獸、或原始人分別不大。因此，他把「蒼蠅王」的人物定為一班在原子彈戰爭中乘飛機逃亡時墜落荒島的孩子。選擇孩子，除了是原始、天真外，尚有另外兩層意思：他們是成人世界的受害者、戰爭的受害者；荒島外面的世界，成人一如小孩，也在進行殺戮的遊戲——戰爭。

二、社會與文化

　　評論家早已詳論了小說的道德訓誨、宗教意義和人性醜惡各層面的探討，或許，我們尚可補充一點——它對社會體系的批評。

　　故事開始時，這班小孩嘗試建立民主制度；以會議，以響螺成為權力的象徵，以分擔責任等等方式來組織一個新社會，從此各人享有自由。但不久，握有響螺的賴甫，便遭傑克的不斷違抗，形成壁壘分明的兩個集團。最後，武力（人性黑暗面的表徵）是一切的

標準，提倡民主制度的小孩屢受逼害，幾乎連賴甫也遭不測。民主社會在恐懼和武力面前崩潰，也可以說，人在社會得不到應有的保障，尊嚴與性命逐步喪失，這好像對西方民主的建立基礎提出了一些批評，社會制度有賴個人道德的支撐。但我們不禁懷疑作者這小說的架構是否妥當。

在一個完全沒有文化傳統的地方（荒島）建立民主社會是否可能呢？對野蠻人談民主是否天真呢？此外，無知的孩子是否適宜表現社會制度的種種問題？而且，拿這樣的一個處境來表現民主的優越性，頗不對題，因為人的基本要求若無法解決，民主精神是得不到重視的。即使他們的民主制度能夠建立，亦不外是遊戲而已，就像他們在沙上所搭的小屋那樣。

最後，既然高定以為人性的醜惡是無法消滅的，是與生俱來的（豬頭與西蒙的交談），那麼，單是制度又是否能夠克制它呢？文明社會的建立是否能消滅人的暴力與破壞傾向呢？

三、文明人

從小說開始時，主角賴甫已經等待的救援在書的最後一章來臨，而且，頗與他心目中的英雄（父親）形象吻合——海軍。這位海軍的出現在小說佔有一個不輕的位置，他的海軍制服、手執的槍、他的炮艇象徵了真實世界中的暴力；當他出現時，連傑克這位兒童世界中的暴力化身也畏懼，彷彿被更巨大更可怕的破壞力量所懾。

他自外面的文明社會來打救孩子，帶他們返回一個同樣不人道（戰爭）的社會。他出現時所表露的自大傲慢與無知，可說同樣是

人的弱點——文明社會依然擺脫不掉古老的罪惡。

「火」在小說中是一再強調的東西。賴甫和傑克對火的看法和認識截然不同，前者以為火是他們在等待救援時最重要的東西，後者反對，他眼中的火是狩獵殺戮的手段，（他後來以煙火來捕捉賴甫），終於，火生不成。我們知道火在人類進化歷史中的重要性，它可以說是文明的象徵，但火亦能毀滅，小說結局時，傑克那批人所生的火把小島燒起來，火還暗示了野蠻的力量。

火本來是希望和安全（驅走野獸）的意思，與人內心潛伏的野獸傾向是強烈的對比，但當這把火燒到不可收拾、不受控制時，它的災害是巨大的，無可估計的；現代社會的戰爭也如是。人類為文明付出的代價，人類對文明真正意義的認識，確是值得我們再三探討。

假若文明人心中的野蠻因素依然那麼強烈，文明的意義、價值又是甚麼？文明社會對我們的保護又是否足夠？

四、沒有性的出現

一部着眼於人性本質的小說，竟然沒有女性的人物出現，一色男性，這是否令小說的全面性及對書的中心思想——道德淪亡——有所欠缺？

書中的各個人物都代表着一種人生觀或價值取向。主角賴甫相信是一般讀者最認同的，他自始至終都堅信民主、和平、對成人世界充滿希望（等待救援），而且，處事態度傾向理性，可惜單憑他一人對付外界的衝擊、卻力有不逮；他所代表的是西方社會中產階級的思想。小豬屬於知識分子，他經常提出寶貴的意見及對策，亦

具備了知識分子的正義感（敢於面對強權——傑克），但同時反映了對外界事物認識的不足——他以為拿着響螺便可以鎮壓暴力、保證和平，最終他受到侮辱和襲擊而喪命。西蒙則採取哲學式的人生觀，頗有點詩人味道，他喜離群獨處，陶醉於自然的美，對事物持有獨特且形上的觀感，作者故意安排這樣的一個人物來帶出蒼蠅王（一份獻給「野獸」的祭品——豬頭）的寓意及與人的內在關係：人自身潛藏着一股邪惡力量（原罪？），它能破壞一切。至於敵對這數人的則是代表着這邪惡的傑克，魔鬼的化身。

基本上，這是一部關於人性與道德的小說，若高定能在探討這群小孩與權力、社會、安全的問題以外，加上性在人意識和潛意識的探討，讓我們看到不同類型的人對性的理解是甚麼？人性在這方面的本質又如何？性與社會、文化的關係？異性能否中和／補充男性的缺失？暴力與衝動是否會得到約束？那麼，全書的內涵當更見層次和完整。

或者有人以為殺豬一幕已暗示作者對性的觀感。然而傑克和羅渣他們所殺的母豬當時正在樹下寧靜地哺乳，身邊是一群小豬，追殺母豬的境況毋寧是比擬少年在成長過程對母性的抗拒，而且，是邪惡的人（傑克和羅渣）的行為，而非健全許多的賴甫和小豬他們。當他們壓在母豬身上猛刺時，四下的蝴蝶飛舞，空氣熾熱，他們心底裏的願望完成了——在心理學來說，這些男孩是否心理不大平衡？由於對異性的無知和（殺豬時）衝動受到長期的抑制，而形成暴力傾向？

賴甫是各人中較相似女性的角色，他重視紀律、堅持住屋（家）的問題較尋找食物為重要，而且常常照顧幼小的一群。小島上另一

位領導人傑克的表現則走向另一個極端，兩人經常為領導權發生爭執，情形就好像是家庭中兩個家長，可惜兩人未能互相平衡，因而引致分裂，破壞和毀滅。

五、人類的命運

小說中的大自然景物在作者筆下一再出現於重要場合，且被賦予特別意義，尤其是山，大石和海。這群孩童在荒島上殺害了兩人——西蒙和小豬，他們死時都葬身大海。西蒙感悟了罪惡原來是與生俱來、是人最大的敵人、是沒法驅走的道理，（這是蒼蠅王的啟示），和證實了令其他人恐懼的「野獸」原來是一個死去的傘兵後，想告知大家，但他們卻在遊戲中把他當作「野獸」而刺殺，他成為了祭品，彷彿他的死亡能洗去眾人的「不安」與恐懼。作者對人類的錯誤的處理是十分諷刺的——一個明白真相、了解人性的人在透露真理時被人殺害；他為別人而死，但人可並未得救。接着他被海水帶走。與此同時，山上傘兵的屍體亦跌落大海；他當然是外面成人的戰爭中的犧牲品（對戰神的祭品）。兩件事情似乎點出了個人的無可奈何、人類的愚昧無知，這些都像海浪和潮水般，自古（西蒙和傘兵之死）至今沒有改變。

小豬的死則和象徵民主、法治的響螺被毀壞同時發生。當賴甫和傑克打鬥時，他拿起響螺制止他們，但傑克利用大石把他擊斃，響螺亦粉碎了。小豬是民主法治的大力支持者，他死去，他所發現和視作領導權力的響螺亦當死去，此中的暗示是明白不過的——暴力（或野蠻）把民主摧毀。值得我們思考的是，響螺是由海浪長年累月沖擦而成（在沙灘上檢拾的），而小豬死後，身體亦墜落海中。

在希臘神話裏，大海之神 Triton 是以吹動響螺來控制大海的，現在小豬的被召回毋寧是歷史的輪迴。響螺在這裏可以說是人類發展中的重要成就，它經歷了前人無數的努力和血淚才能出現，（小說第一章提到它第一次出現時的光采吸引），可是，另方面人類的錯誤與無知亦是不曾改變的事實；大海不會平止，人的痛苦亦然，難道這就是人的命運？

當代敘述小說的規律

Narrative Fiction: Contemporary Poetics

作者：Shlomith Rimmon-Kenan

出版：Methuen 1983

作者把敘述小說的構成特質分為三項：故事、本文和敘述方法；在「故事」的題目下有「事件」和「人物」，「本文」有「時間」、「人物塑造」和「觀察焦點」，「敘述」有「層次和聲音」和「再現對白」，從這個架構來分析它們的特質及相互關係。作者認為「內文」是直接呈現在讀者面前的部份，由「本文」，我們知道「故事」及其敘述過程，另方面，「本文」卻受制於後二者，一個是內容上的，一個是產生過程上的。換言之，作者嘗試解釋小說由內容至形式、作者至讀者等在創作過程中的作用與影響，從而，說明敘述小說的體系。

　　本書所引用的例證繁多，主要者計有波赫士、康拉德、狄更斯、杜斯托也夫斯基、福克納、福樓拜、海明威、詹姆斯、喬哀斯和胡爾芙等；而涉及的文學理論包括英美新批評、俄國形式主義、法國結構主義、臺拉維夫學派和現象學，作者對這些理論加以整理，作出專題式的運用，而不是以任何一派來作論述基礎。

　　我們從下面一些本書提出的問題，可窺見作者的觀點與立場：小說是否需要高潮？單是時間性的情節（而無須因果性的情節）是否已足夠構成小說？角色如何由「本文」中重建？觀察焦點如何異於敘述觀點？二者又如何互相影響？作者與敘述者的關係是甚麼？讀者在小說中的位置是甚麼？「分解結構」是否真的能取代小說敘述方法論？

　　最後，本書的參考書目部份頗為詳細，重要的理論書籍都有按語，方便讀者進一步研究。

歷史的夢魘
——陳映真的〈文書〉

　　陳映真的〈文書〉收於短篇小說集《將軍族》（一九七五年出版），是書絕版多年，聽說已沒可能再版了。該篇小說對這個時代具有特殊意義，但一直未被認真評論，實屬可惜。

　　陳映真臺灣人，一九三七年出生。少年時代曾閱讀魯迅的作品，令他留下深刻的印象，「於是才知道中國的貧窮、愚昧、落後；而這中國是我的……苦難的母親。而當中國的兒女能為中國的自由和新生獻上自己，中國就充滿了無限的希望和光明的前途。」這段話也可看作是陳映真寫作立身的註腳。他成長的年代對他的思想影響至大；當時從大陸遷往臺灣的人，回歸大陸的顧望仍然強烈，但另方面，大陸及臺灣在這時都發生了一些十分震撼的事件，（大陸上的不用說大家也知一二，臺灣當面則可以一九四七年的二、二八事件為例）；再加上他自己的養父在他二十一歲那年去世，家道中落，在在令年輕的陳映真感到理想的幻滅和挫敗。此外，家庭對他亦產生一定的影響；他出身於一個宗教家庭，父親是牧師，耶穌曾一度是他的偶像。所以他早期一些小說的宗教色彩相當明顯。如〈加略人猶太的故事〉。淡江外文系畢業的他，對外國文學有一定的認識，不過，他卻沒有染上當時威極一時的技巧至上的流弊，作品的社會性始終突出。

　　〈文書〉是一九六三年的作品。他在六一至六五年間寫了一系

列探討大陸人與臺省人的關係的小說，如〈將軍族〉、〈一綠色的候鳥〉和〈文書〉等，均見於小說集《將軍族》。其實知識分子一直是他筆下主要的人物，這個時期不過是集中於大陸人與臺省人的結合，融合問題而已。〈文書〉的主角是安某，相信作者是故意把他的形象安排得不那麼落實，使小說的意義更具普遍性。他由於種種的罪孽，最後落得神經錯亂而誤殺妻子，結局毋寧是一場幻滅。

這個短篇可以從多個層面來細味。首先，是心理的或精神的。西方現代文學曾一度流行以人物的內心世界為主體的小說，而且，強調童年時代的經歷對人的重要作用。〈文書〉以安某內心世界的發展為主要骨幹，交代了他在童年時聽聞關於當某軍閥幕僚的爺爺的事迹，他自己軍伍的經歷及到臺灣後的變化（與當地女子結婚）。簡單地說，他內心承受的壓力（良心譴責）隨着時間的轉逝而逐漸加重，最後當地又一次見那隻「鼠色」的貓時，他已經無法保持理智而完全崩潰，走上了毀滅的地步。因為，這隻貓的出現每次都與死亡連在一起，彷彿是死亡的化身或影子。第一次見牠時，實是在由於被他二叔糟蹋而自殺的僕人的地方；然後是在他往背後射殺排長關胖子之後，在後者的房間發現了牠；然後是從妻子口中，知道在她哥哥被槍斃後無端出現家中的；最後，便是新婚不久，「走了那麼遠的路找到了我（妻子）」，幾個月後，他便神經錯亂了，因為這頭貓和妻子對死去了的哥哥的轉述，令他憶起早年親手槍決的一個「純潔」、「幻稚」和「羞澀如處女子一樣」的少年，而且，這少年的形象一再出現於他眼前。

象徵着死亡和罪孽是貓把從前與現在的時空連串起來，也把故事的主題逐步推展至結局時的毀滅，貓被他射殺了，可是妻子也被

射殺了，他自己也被關進精神病院。呈現於讀者眼前的是一個人如何走上毀滅的道路，良心的譴責就像貓的去來，在他全無防範中，無聲無息的把他擊倒了。

其次，從宗教角度看來，他最後陷於地獄般的結果，可說是種因於先天的原罪和後天自身的罪孽。他爺爺至少間接殺死了不少人，（整條村子的人因逃避他的徵稅而被殺了），二叔也逼死了下人馮炘嫂，甚至他自己之所以殺害排長關胖子，也是於後者曾受過他爺爺的苦而虐待他，令他懷恨在心，在職場上公報私仇；至於他自己，則不單沒有救贖，且親手槍斃了那個如「尼姑」的少年。「好劍的人死於劍下」，他殺人與毀滅的方式不變，都是用槍；死者致命的位置也一樣，關胖子在右肺，妻子在右胸；時間也相近，都是黑夜前後；關胖子和妻子死於深夜，少年則死於黎明。黑夜，這個邪惡時刻，把小說籠罩其中，把主角的靈魂也籠罩其中，（貓是鼠色的）。或許一般的讀者至此已感到不勝唏噓，但當我們把〈文書〉結合其他《將軍族》的作品，以及作者的文學觀來看，自然發現小說的題旨或意義還可以層樓更上：主角安某的家世與歷史竟與中國現代史的發展不謀而合，而他的不幸竟也是中國歷代史的不幸。

陳映真認為文學不是個人的玩意、不是抽離社會個人夢囈，而是「擁抱整個社會與人生」，更進一步說，文學「反映社會現實——光明的、激盪的和鼓舞人心的現實，和反面的、激發人去改革現實的——是為了建立一個更好的世界和人生的手段之一」（〈關懷的人生觀〉，見「小說與社會現實」座談會）：「寫小說，對於我，是一種思想，批判和自我檢討的過程」（《七十年代》八三年九月號）；換言之，他強調文學與社會的緊密關係。

〈文書〉不啻是中國現代史一段血淚交織的經驗。主角安某的爺爺是軍閥的幕僚，從年代來推算，剛好是軍閥割據時期；稍後他自己從軍，打的日本鬼子；後再是國共內戰，他槍決前面提過的少年死囚，當是共產黨成員或軍人，理由一是「那時很少犯人能說得這樣一口清晰的國語」和「有些死囚開始嘶喊着口號」，理由二是主角本身是從大陸遷往臺灣的；到臺灣不久，他便與當地的女子結婚，這正好是國民黨與臺省人現時關係寫照。從這個角度看，〈文書〉的社會意義並不尋常。

　　當然，以〈文書〉這麼小的篇幅（萬五字）來處理這樣大的一個題材，小說顯得過於簡化，時代背景過於粗略，有些事件也有欠清楚，舉例說，安某妻子的哥哥究竟是因何被槍決的呢？他是政治犯，還是一般罪犯呢？這個問題直接關係到小說內涵的深度和作者立場的問題，（她哥哥當然是臺省人）；然而，考慮到臺灣的政治氣候，及文藝政策，我們當會明白作者寫作時的限制和顧慮。而且，證之於陳映真的其他作品，類似的空白是經常出現的。不過，細節容或不足，〈文書〉的象徵意義也堪我們再三思索。最後，不能不提小說的構思和題目——一份文書。小說是安某的自白書，以第一人稱敍述，無疑增加了小說的真實感，及更能集中地披露主角的內心世界，但考慮到他後來的瀕於精神崩潰，自白書未必可信，所以作者安排公文撰寫人「乃私用其清醒時間，服以大量鎮定劑」，說明這份文書的可行性。文書性質乃予人鑒核和判斷，雖然未必是內部密函，但至少具有檔案資料之作用，相信留心的讀者當能細味作者的用意。

珠光寶氣
——資本主義・男性中心
社會裏的女性新形象

　　想談的是近期的一個電視珠寶廣告：三個女人在洗手間碰頭，第一個屬中年（主婦？），她看見另一個較她年輕的女人身上的珠寶，便認定她是賣肉的，當對方告訴她，珠寶是丈夫送的，她便暗道自己不是在說她；然後第三個女人出現，同樣較第一個年輕，她說她的珠寶是自己買的。

　　廣告映像的意思至為明顯，相信大家都會理解為：第一個女人妒忌別的女人擁有珠寶，又虛偽地否認自己的猜度；第二個女人有一個好丈夫；第三個女人則自給自足、有本事。對照之下，第一個女人便很糟了，完全是一個負面形象，（女）觀眾認同後二者，是自然不過的事。

　　這個廣告較諸生力啤的廣告好像進步許多，沒有將女性塑造成性物。但這是否真的進步？還是因廣告對象不同而呈現另一種女性形象，但扭曲的問題則依舊存在？並且因其較討好的手法（「女性不靠美色／肉體了」？）而更具意識形態作用呢？

　　若我們注意到整個論述（映像）的形式——一、第一個女人年紀較大、不美，而第二、三個女人則年輕貌美、身材窈窕、衣著時髦；二、三個女人的出場序；三、第三個女人的神情自滿、自傲

——則廣告隱藏於內裏的「事實」的涵義便非常成問題：典型的資本主義意識形態。

首先，是「理想的女性是年輕貌美的」這至為表面化的訊息，完全把人降低為物（選美會還標榜智慧與美貌並重——仍想把這訊息包裝得漂亮一些）。其次是，珠寶（物質）是女性所追求的東西——即使對享有愛情的女性而言。於是珠寶被塑造成觀眾的欲望——對女的固然如此，對男的也如此（正因為這是女性的欲望，至少結婚要有一件珠寶才是）。再其次是沒有人愛，則自己要有高消費能力，或即使沒有愛也不用怕，因為我有高消費力，即擁有物質。唉，莫非真是我消費故我存在？誠然，物質無法取代愛情，但難道沒有愛情沒有物質，人的存在便真的沒意義？難道甚麼也沒有得到／享有（包括愛情在內）的人生便只能是一場虛空，而不可能是圓滿的？（給予／付出並不等於失去，更不等於吃虧啊！）

這些資本主義意識形態的嚴重性，若結合開始時提到的身分認同作用，可歸納為兩大問題形象。一、幸福／成功女性的條件是年輕貌美。試問現實世界中符合廣告裏所謂年輕貌美的女性有多少？然而「不標準」的人若有足夠金錢的話，是可以搖身一變為「標準」的。即使對那些不敢冒險或沒有能力整容的女性，資本主義仍可令她們滿足，且人人可做到——無數的化粧品和時裝（即商品）隨時效勞，奉上片刻的幸福／成功感。換言之，不「靚」的絕對可扮靚；我們的社會是不會讓人沮喪絕望的。

除此以外，還有女強人（或事業型女性）可供女性認同。這個新身分對一些所謂新女性特別具吸引力（獨立女性的表徵嘛），然正因如此，尤其值得我們深思。我們不能不問：是否有機會作女強

人便等同女性已解放，已可發展自己的潛質和探索自己的價值觀，從而追求自己的生活方式了？具體地說，是否「賢妻良母」已不再是女性的規範了？還有，表面的反「男主外、女主內」的角色分配，以及重視工作而輕視家務，不仍是男性價值觀的投射而已嗎？再者，以賺錢來證明人的價值，不正是資本主義的價值觀嗎？若誤以為擁有消費力便等於新女性，則女性主義的成就和意義頗值得懷疑——她們不過是一頭栽進資本主義的甜美陷阱中，從而女性主義亦被化解於無形。經濟獨立，甚至經濟強人並非女性主義的目的；只着眼於經濟能力，不論對男性或女性，都其實把人的全面性、創造性大大約減。歸根到底，女性主義的視野仍囿於男性中心的世界觀——女強人的追求不是在模仿後者的理想形象嗎？（賢妻良母與女強人之外，還有何理想選擇？）同時請注意，這並非否定女性對事業的追求，而是質疑何以從外至內女強人的形象都未見其獨特的素質？

這個廣告的意識形態問題不止於此。當我們再細看其形式，便會發覺第一個女人與第二、三個女人的性格是異常煽情的對比。前者不只妒忌猜疑而且懦弱，可謂「小女人」的化身。後者則不只看穿前者的心理，且宣之於口，更不文不火地反駁——這不是所謂男性的特徵嗎（勇敢和理性）？這裏，除了前面提到的新女性其實沒意識到自己仍囿於男性中心的世界觀外，我想提出兩個廣告有混淆視聽之嫌的問題：一、女性與女性之間的競爭是否天性，而並非由於生活於男性中心的歷史條件下（如重男輕女）的反應？或不過是資本主義以競爭為原則的現實結果？二、在新女性面前，舊女性真如此不堪？而這不堪是否本性使然？另方面新女性真如此值得

驕傲？真較傳統女性進步？（如已完全接受不婚的選擇？）不物質化、商品化？——至少舊女性的成功／幸福感不在於物質。

這個廣告其實對男性亦產生意識形態作用。例如令那些買不起珠寶的男人（打工仔）感到羞恥，甚至感到不如女性（香港仍相信男強女弱是自然不過的道理），於是他們拼命賺錢去證明自己是「大丈夫」。至於辦不到的，則會祭出傳統道德家教一番（甚麼貪慕虛榮云云）。唉，香港的男性，何時才反省其男性中心思想呢？

儘管時至今天女性主義在香港仍未為女性所普遍支持（更不用說男性），我們仍要指出（不是太苛刻吧？），女性主義者本身的認識或其所努力爭取的，似乎尚未深化至對女性身分、女性特徵、女性欲望、女性美等問題的全面探討。上面不過是就一個廣告對這些問題作出的一些意見；其實媒體中（即使是一些具誠意的小說、電影）的女性醒覺或新女性形象的呈現，仍有許多值得大家反思的地方。

拉岡：欲望的符號與符號的欲望

語言絕對不止是表達我們思想感情的工具而已。

語言的國度首先是秩序。人是被語言的秩序整理而成的。語言是先於我們獨立存在的一套文化符號，其核心是一套特定的世界觀（價值觀）。世界觀之所以能夠幫助人了解世界及自己與這世界的關係，在其規則與秩序。而它們最重要的特色毫無疑問是其有所排拒。世界各種文化的父權／男性意識形態都充分反映於語言的國度。所以，我們在學習語言的同時，也學習了活躍於文化傳統中的意識形態，以至我們意識的「我」也不過是文化規則管治下的產物。例如，男女固然不同，一如人人之有別，但這並不等同我們從書本以至日常生活所學習、見證到的二分法的，和規範性的文化符號「男」與「女」。人的所謂主體，其實是形成、受制於我們生活其中的觀念，即外界。因為，就以形成人意識的語言來說，我們說話的意思並不取決於自己，而是我們所使用的語言媒介本身，即個人以外的社會文化。

然而，這並不是說人全沒個體性。精神病者和詩人藝術家便是明顯的例外。他們的語言並不屬於前述的日常語言的載疇——並不屬於正統語言學家所界定的指示性語言。他們夢囈般的暗示性、創造性語言是正常秩序以外的論述。雖然，若回顧歷史，今天的正統或正常文化秩序，在以前不少是異端，但是這種時代的局限，至今仍然沒多大改變——「異端」在今天仍往往被粗暴地視作「邪說」。

法國思想家拉岡形容自己一生的努力不過是回歸佛洛依德而已。然而，他透過索緒、黑格爾和海德格三人為主的理論，把佛洛依德的潛意識（unconscious，或譯作無意識）學說重新詮釋，卓然成一家之言。拉岡固然大大影響了法國當代的心理分析學，同時對女性主義、文藝創作及其他社會文化思潮具不同程度的啟發作用，是直接或間接導致現今法國理論界多姿多采的其中一個主要泉源。

　　拉岡借用瑞士語言學家索緒來解釋佛洛依德的潛意識，但始終以佛洛依德的理論架構為依歸，所以他在翻新佛洛依德的同時，也改寫了索緒。索緒不同意以前語言學的一字一物論和一字一義論，他認為作為符號的語言本身是一獨立系統。符號所指的並非現實世界的事物，而是約定俗成，是一些意念／觀念。而且，他大膽的提出意念其實並非自在的，而是由符號在下面支持着，即是說思想之所以能有意思，端賴符號系統的運作，前者是後者的作用。其次，一個符號的意思在乎它與同一系統內其他符號的區別，是相對性而非絕對性——它本身不具甚麼特性。（如男女二字是由一套世界觀／意識形態把二者分別界定出來。）雖然索緒指出符號與符號指涉之間的關係是人為的，但他說二者像一紙的二面，是固定、結合的，所以符號意思還是清楚的。

　　拉岡從佛洛依德的意識與潛意識之間的分隔，進一步把上述的區別性法則演變成符號的排拒性法則。他認為既然一個符號沒有特定的身分、沒有「正確意思」，它所指的只能是另一個符號，而且永遠如此。換言之，它只是滑翔、變動而抗拒意義的現身。拉岡堅持符號、與符號意思之間——一如意識與潛意識之間——是分離

的，而且把索緒原來的符號意思在上而符號在下的寫法顛倒過來，還把符號大寫而符號意思小寫，因為後者永遠在符號下面藏匿，永遠無法被某一符號所代表。而這令我們的意思不完整，令符號存在着一些孔洞。對拉岡而言，人的意識不止被符號支配、被符號代表，而且由於符號永遠指向另一個被分隔了的符號，人其實是被符號背後所隱藏的另一符號所代表。也就是說，符號把人的意識與潛意識分隔開。我們欲認識自己的潛意識，我們便需要不斷找尋隱藏的符號。

符號的排拒法則與「父親的法則」有關。佛洛依德認為圖騰是父親的象徵，他對欲望的禁止是他被殺害的原因，但這在他死後卻具法律權威。所以拉岡認為戀母弒父情意結中的父親完全是文化的象徵，他的力量和作用在其名字的法律性。「父親的名字」在禁制之餘，卻同時標誌着某種欲望，這樣法律便產生一種無形的魔力，驅使人踰越它的規條。符號也一樣：被排拒的符號意思乃符號的潛意識，排拒一點也沒有消滅符號的力量，反而把它變成一個巨大的問號，在人心中删剪出一個巨大的缺口。所以拉岡的結論是：符號象徵缺席。這除了是指欲望由語言構成這道理，還另有所指。符號把事物取代（殺死），但其奧妙之處是可令無變成有，令缺席的事物出席。文化或人為的法則其實在製造欲望，在它界線以外、被禁止的成為人意識以外的潛意識的欲望。它的命運被法律訂定為永恆的顛覆。人，及其欲望，便是這樣被符號分裂開來。整全的人或完全的滿足，是文化之所以為文化所禁止的極樂境界。

佛洛依德早已發現夢是潛意識的現身。我們夢中的各個圖像其實是一個個文字或音節符號，必須把它們組合串連才翻譯出其意

義。潛意識並非本能本身，而是被壓抑了的代表本能的意念，因為最原來的生物性的（即所謂自然的）本能是人不能知曉的，因為一旦成為了人的本能，它已由意念代表着，它的能量則由情感代表着。其次，睡夢時潛意識的活動仍受制於「超我」的監察。所以，被釋放出來的欲望並非赤裸，而是被扭曲變形地滿足了的欲望。這是由於超過一個欲望可濃縮於一個對象（符號），以及一個欲望可轉移往另一個鄰近的對象（符號）。同時，從夢者的憶述，他還發現被壓抑了的意念得借助另一些合法的意念才可在意識中出現。佛洛依德承認夢的意義有其無法解釋的盲點，他稱之為夢的肚臍，因為説到底本能始終是被代表着。無論如何，他發現了潛意識有其獨特的運作方式，是人意識以外的更重要的一個思想中心。它是人所意識的意義的生產中心。

然而，拉岡不同意他把潛意識世界還原為人自身的一些既有本能。他認為潛意識的欲望根本是從後天的文化作用而來，它之所以懂得扭曲變形根本便是符號系統本身的特性，因為所謂扭曲變形其實是指符號下面的不斷滑翔變動。後者，我們記得，不過是另一些尚未現身的符號。這即是説，人的欲望並沒有甚麼原來的、固有的目標或內容，即沒有本質。

若取材於希伯來聖經，樹是豎立在荒山上的十字架的影子。樹又可成為與它本身完全無關的二分法的字母「Y」。樹還可象徵血液循環、小腦、土星、希臘神話中的戴安娜，以及因電擊而在樹上形成的水晶。

——拉岡（下同）

佛洛依德所指出的潛意識的濃縮與移位，是拉岡有名的「意義串鍊」的特徵。意義串鍊基本上是把前述的符號的浮動游離性，結合雅克慎關於句子縱橫二向的觀念而來。句子的縱向是指詞語的選擇、替代性（他稱為隱喻性）；橫向指字與字之間的連貫、組合性（轉喻性）。二者相輔相成，是構成句義的雙重機制。雅克慎並且認為佛洛依德所指的濃縮便是句子縱向的原理，而移位則是橫向的原理。但拉岡在借鑒之餘，則視它們為獨立個體，取其修辭效果來解釋他自己以字為單位的潛意識的意義串鍊。他說潛意識的意義之所以生生不息，在於它像一串頸鍊：它不只由無數的符號組成，一個連着一個，且每一組成符號又可各自被換替而衍生出另一串鍊。拉岡的意義串鍊同樣適用於作品的理解：個別文本與其他（歷史文化）文本的相互指涉及轉化。

拉岡以愛倫坡的小說《被竊取的信》為例，說一封寄給皇后的情信，它的意義視乎落在誰的手中，因此它被人竊取也被人尋找。而這一切卻與信的具體內容無關，重要的是它是一封情信。潛意識世界完全屬象徵性，它的意義是多聲道的。因為作為歷史文化產物的它，不能被解作永恆不變的東西——欲望不是佛洛依德的本能。若欲望的符號被視作名字，則不只事物的意義淪為單一，人自身的可能性也隨之失去。這也是「父親的名字」的另一義。

人沒有本質：支配着人的符號所代表的並非人的自我（或靈魂），因為甚至潛意識也非源自內心，可謂無中生有。從這大原則出發，拉岡進而改寫佛洛依德的核心觀念——自戀。自戀是「自我」的特性。由於嬰兒在進食時已能從自己身體同時獲得性與自我

本能的滿足，他最早的愛欲對象是自己。自以為完美令人自戀。人對這份快樂的依戀是人在戀母弒父情意結後再度自戀的原動力。可是成人的禁制以及他的自我批評（「超我」的作用），逼使他無法再自我陶醉，他便認同父親，以父親所代表的社會的理想為自己的理想。「自我」與「超我」從身分認同而來，一起成形，但「自我」其實是人早年自戀的滿足感的替身。

拉岡的論證則是：自戀這特性也是從外而來，而且它的作用在掩飾人自身的虛無。佛洛依德另方面也相信在戀母弒父情意結之前，嬰兒已與「父親」作首度認同而以為自己是成人，已是全能的。它沒有從戀母弒父情意結而來的認同的壓抑性，因為不存在父親的閹割威脅，因為這個父親對嬰兒而言根本沒有性別。但對這「父親」，佛洛依德卻含糊其辭，推斷為人的個人前史。拉岡嘗試對這造成自戀的認同，賦予一較現實的，同時是非性的解釋。

他認為嬰兒在歲半前都經歷一「鏡子階段」，它不只是人自戀的由來，也是人日後的身分認同的基本模式。我們自大自滿的「自我」是這樣形成的。他說，嬰兒在鏡子看到的是一個恍惚已能夠掌握自己身體各部份（舉動）的人，所以他們的反應如此雀躍興奮。他們被自己的眼睛欺騙了，不知道這不是真實的，這只不過是投射效應；還與這理想化的我認同，以為這便是我了，而不知道這只是自己的欲望在作祟。就這樣，斷續支離的我被當作完整無缺的我，理想與現實之間的距離，在陣陣的滿足感中被填補了。因此而造成的後果不僅是人錯認自己，而且被那錯了的我支配、異化——真實的我被理想的我疏離出去。

鏡子的倒影其實是另一個我，但人便是這樣地——透過與他人

或外物的認同來認識自己，以為那無形的自己可以被忠實地客體化。一如符號被想像為代表着人的內在。人不能直接受無隔的看到自己，可能是人存在的致命缺憾。希臘神話中的納西素斯陶醉於水中的我，終至真實的我死於想像的我手中。因為我的倒影完全受制於我的想像，它不能反對我的想像。人的確是透過鏡子來認識自己。他人的眼睛也是鏡子中的眼睛；我們的欲望歸根到底若不是他人的欲望，我們又豈能達至自我肯定呢？——後者是人之為我自己所必然需要的。「鏡子階段」是拉岡的成名作，但它其實與他思想核心「它的欲望」互相觀照：它的涵義不只在解釋上面提到的人另一個我的欲望，並且是人欲望的特性的寫照。再者，一些符號的作用之所以如此厲害，也可從「它的欲望」來理解。

「它的欲望」的要旨是他人對我們欲望的深層作用——不止是何以他人渴望的東西我們便也想擁有，而且是何以我們想成為他人欲望的對象。他人的作用之所以如此巨大，與人的成長體驗有密切關係。嬰兒時我們由於母親的呵護備至而益發令到自戀的「自我」無從置疑。可是稍大後，我們經驗到與母親的暫別。拉岡認為這別離對嬰兒的意義重大。一方面，他感受到自己的缺憾（自己並非一獨立自主的人），而這苦楚另方面令他由原先簡單直接的以母親為欲望的對象，演變為渴望自己成為母親自身的欲望，因為這才是欲望的目的或意義：欲受肯定，從而自身的存在價值得到肯定。（佛洛依德已指出欲望只是追求滿足而沒有任何必然的對象，它的具體對象可一再轉變而仍予人滿足。而滿足欲望的也非一定是性。）這樣說，欲受肯定是人心底的所欲所求。於是乎，人之所以認同那被理想化的我的理由乃明白不過的一回事。

主體欲望之構成，在其超乎或未盡然地顯露母親的意義，在其未知數，在其欠缺。由於發現的欺騙性，由於主體所重新發現的並非那推動他去尋找的東西，主體又回到原先的地步——他的虛無，退隱的虛無。

然而「它的欲望」中的「它」又是甚麼呢？企求確認固然造成錯認（拉岡稱之為想像國度），但重要的是它同時是令到欲望能夠百折不撓的活着的理由。「它」指的是潛意識，因為被壓抑了的欲望潛藏於此，被我們的意識／主體鎖着、禁錮着。但一如佛洛依德所言，壓抑不等如消滅，原欲是不死不滅的，是會回來的；潛意識是一不甘心的奴隸。拉岡相信，它在意識鬆懈時的現身說法及要求我們回歸自己的懷抱。還有，這個「它」是一個大寫的它，因為它不是任何個別、具體的人或物（佛洛依德的只是小寫）。現實中，我們不是常困擾於欲望的永無止境、困惑於欲望的變幻無常嗎？甚至稱它作魔鬼。但是我們在失望失落之餘卻依然死心不息，又再夢想、追逐另一個欲望。拉岡的結論是：人的欲望最終是在追求「另外的」：我現在不是的或未有的，即未來的我——欲望其實不是在追求完全（全部的意義）嗎？而這，其實不正是生命力本身嗎？

這裏不得不提到黑格爾對拉岡的影響。根據黑格爾，人對客觀世界的認識必然導至人內心的掙扎；意識在新經驗的挑戰下必然一分為二。這就是有名的主人與奴隸意識的鬥爭。前者壓抑着後者，但卻無法滿足於後者對自己逼不得已的承認。而後者雖被壓抑，但它的潛能卻在服侍主人的勞動中得以發展，從而認識自己。最後，

二者因渴望得到對方的承認而和解。欲被欲望、欲受肯定，便是人的欲望與生物本能的分野。人欲達至自我肯定而醒覺到原先意識的片面性，唯有承認與自己鬥爭的另一個我，擴闊自我意識，使它回歸自己，完成自我意識的統一。 其實，人的原先意識為社會既有的概念（或常識），是歷史文化的產物。人若未能對歷史對個人的影響作出反省，還以為自己是獨立自主的，他就是異化了。

無疑，以為承認了另一個我之後的我便是真我，和以為自我反省能把各種意識完全消化而成為自己的主體，都屬經驗主義和理性主義，都為拉岡反對。但值得注意的是黑格爾的自我意識的建立，有賴另一個我的出現——自我分裂。

外在世界對黑格爾而言，不過是自我意識的反省對象，其意義在我。對外在世界的全然認識也就是人自我意識的完整統一。這個境界（絕對知識），他相信是可以達至的，雖則它有其歷史性的正反合過程，是歷史的法則或精神之必然性。拉岡同意人的真相不止在人主體以外（對事物的經驗），而且在將來（新經驗的漸次出現），但他不同意會最後形成一個全面的我。因為那異乎並否定主體，把意識割裂的另一個意識並非黑格爾的「精神」，而是潛意識。它的語言一點也不固定、不自明，是無法被追求完整統一的形式邏輯所能完全掌握的符號。它對主體的挑戰和反省作用是永恆的。辯證法無法被統一、被終止——因為任何界定性的認識都屬錯認。

大寫的「它」是生命自身的全部欲望，而它的目的或精神是為人承認（即反壓抑），因此任何外在或內在物均不能滿足欲望。它的吊詭是它只是渴望。拉岡說它的本質是虛無／空洞。此所以他堅持欲望大於言語所表達出來的、具體的要求，雖則後者是欲望必然

呈現的方式——不然，它僅是一些未成形、未具意義的原始力量而已。其次，更重要的是，既然欲望是人的本質，那麼人的本質便是虛無，而非甚麼與生俱來的本能或良知。人所意識的我只是思想的作用，它以邏輯思維（即理性方法）為我們整合出一個自我意識，使我們能找到一個主體來掩飾人的虛無。前面提過的「鏡子階段」中所看到的膨脹了的完全的「我」是一例，是「自我」為了達到一個穩定的心理秩序而作出的系統綜合的自欺結果。

我們可進一步從拉岡的性器論來掌握他針對的自戀式身分認同問題，而這也同時對「它的欲望」及「渴望整全」有所闡釋。拉岡認為男孩與女孩一樣，其實都已被閹割，所以男孩與女孩一樣渴望一具大的性器。但這性器可不是男性的，而是陰陽合一，並且是站立的。這大寫的性器可說是潛意識的欲望原型，也即是欲望的典型符號。因為人與母體的太初結合，在人誕生後已成絕響，成為人終身的遺憾與失樂（佛洛依德則説成為人焦慮的源頭）。但這太初的結合，人在當時是不明白的，所以拉岡説這是一個遺失／錯過了的源頭／原因，它既非存在的也非不存在的，而是「缺席的原因」。（本能的被代表性，前面已指出。）

佛洛依德的幼孩戀母的潛意識被拉岡發展為大寫的性器的潛意識，原因在他所理解的人對母親的欲望，與其説是出於生存的依賴，不如説是出於精神上的憑藉，是前面提過的孩子想成為母親的欲望而得到自我的肯定。其次，儘管佛洛依德對陽具的理論充滿性別歧視——他認為女孩發覺自己沒有陽具而感遺憾，因此渴望擁有陽具——但他對陽具的象徵性解釋被拉岡加以發揮。性器實在是象

徵性大於生理性。大寫的性器既象徵一種圓滿的存在境況（極樂），也象徵人對全能、自足的欲望。但除了神，又有誰是真正的圓滿和全能呢？（神，不是人全部的理想的象徵嗎？）此所以任何令人感到自己是強大的力量，都令人不期然擁抱或相信。然而，若人自戀地以為自己是全能、自足的，又豈能認識到自己其實是有缺憾、虛無的呢？

所以，大寫的性器其實是前面的「它的欲望」與「渴望整全」的隱喻。至於把男女都閹割了的社會文化制約，豈不是一些人為的理想嗎？道德標準其實是特定的價值判斷下的一些理想，但被絕對化為唯一的理想，而且以教條性來掩飾其理想性──直接點說，就是意識形態，於是，不符合它的標準的其他欲望通通被劃為不道德。於是，男女性器官交接以外的性行為被劃為不道德、不合法，因為「不正常」、「不正確」、「不自然」。而這些欲望的原因或本質，不也是「缺席的」嗎？

問題不在於知道我口中的我是否與說話時的我一致，而在於知道被言及的我是否就是我口中的我。

現在，讓我們看看那不甘心的奴隸潛意識的反抗。（也即是欲望大於要求的闡釋。）首先，我們知道說話不止是訊息而已，修辭使它具言外之音。拉岡與法國三十年代的超現實主義藝術家十分熟悉。他的言語的象徵性──即意義串鍊──可謂以詩為其典範。同時，不要忘記，言語可令缺席的欲望出席這點。拉岡相信言語或論述時的我也可是潛意識的我的出席，因為語言學家雅克慎告訴我

們，代名詞「我」只是文法上的主詞，它所指的只是句子的陳述者（即主體）。而對拉岡而言，主體是由符號所代表，於是言說時的「我」是代表而已——欲尋找那被代表着的我，我們必須進入意義串鍊的串連世界。加以創作時情感的洋溢，我們的欲望得到舒展的機會，所以他推論：言說時的我與言語裏的我，或言者與被言及者（也是作者與作品的一種關係），是不同的。在言說時，我們已受着潛意識的作用而不自覺的選取了某一詞語而非其他可能的詞語、發展了某一意思而非其他可能的意思。

心理分析的治療是為病者的論述作詮釋。透過他自由回憶所提供的個人歷史背境，藉着對話的形式來幫助他發現過去的事件在當時被壓抑了的意義，從而尋找那由病癥所替代了的隱藏的符號，以及後者所指向的欲望。拉岡認為作者在言說時的我是分裂的。因為言說中的「我」這個符號只是符號使用者意識到的符號所指的我。這個被我們意識所捕捉的我，不過是一個與符號認同而理想地客體化出來的「自我」（主體）。但「我」下面還有一個我不意識到的我，它是「我」背後的另一個符號所代表的我。

這個言語裏的我的符號所指向的我，由於是違法的，它只能從事地下活動，利用合法的符號的孔洞委婉的暗示，或隱身（隱喻）或側身（假借）於另一符號、另一身分，若隱若現。而這些是我意識或意圖以外的活動，所以言說時的我大於、不止是語言所代表的我，因此言說時的我不能被約減為言語裏的我。意識與潛意識的分隔，令屬於前者的所謂主體或意旨不過是後者的產物——我們並非自己的主人。這樣看來，我們不得不承認，符號雖由人創造，雖由我們使用，但作為使用者的我們卻非它的主人，而是被它使用。

我們實在應重新理解思想與存在的複雜關係，因為思想不只是意識的，也有不意識的，而潛意識的思想卻在我們存在的底部活動着。存在並不全部呈現於思想裏。二者並不是笛卡兒「我思故我在」所指的內心世界完全為思想所掌握，或生命完全為自己所把握。完全抽離自己的存在（超驗的我）一點也沒可能！不是所有思想都臣服於意識、被意識所思想到。因此，拉岡說，我思於我不自以為是時，故我非我所思的。（我口中的我只是我說話時所意識的我——二者必然一致，可它不便是我心底裏在訴說的我。）

這個「我」所不知之我的求生欲，令我的言說已非完全受制於我所知之我。它是另外的我的聲音，一把以另類韻母來發聲、說着一些我所熟悉的詞彙的聲音。所以，它的意思是不明晰的——我自己實在也無法肯定，甚至不大理解。作者言辭的模棱兩可、斷續吞吐、輾轉反側，敍述的迂迴支節、自言自語、反覆倒述，以至語調的自責、自否等等，對拉岡而言，便是潛意識的聲音。所以他一再堅持言語中的空隙是潛意識的喘息、現身說法。它需要被解讀：它要求被理解。作者的言語實屬神經病的言語——都為意識所排拒，主體都被隔離。可神經病者並不察覺到這排拒的存在，作者則可以對自己的作品重新咀嚼一番，從自己語義的浮沉幌動之間的空隙，尋找那個缺席的另外的我。作者與自己的對話，在自己的舊作面前尤其明顯。至此，語言對人的雙重作用已不待明言。它一方面是人錯認自己為主體的來源，另方面是人重新認識自己（和認識自己的錯認）的途徑。因此它既屬拉岡的「想像國度」也屬「象徵國度」。

作者的論述是「（大寫的）它的論述」。這個大寫的它固然要被置於個人歷史背景才可以被詮釋，但是純屬象徵性的它，不能被

單一單調地理解。它在新的經驗映照下，又可呈現另一番意思。就像「民主」一詞，對已具西方式代議政制民主的實踐體驗的我們而言，它在今天的意義已不能只是一人一票式平等、合法程序的形式主義、少數服從多數的眾數主義及庸俗、政客式民意所代表那麼簡單，它應建基於個人批判能力、維護個人自由及重視個性發展（個體意識與個人主義有重要分歧，不能混淆）。「它的論述」抗拒任何的定性、定義——即任何的統一性——任何的命名都最後落得錯認的收場。符號永恆而符號意思則地平線般永遠在眼前展現。所以潛意識的我是一遁隱者，稍瞬即逝，它只容許部份的意義呈現。這是符號的歷史性，也是真理的歷史局限。（而非黑格爾相信的「精神」的預設目的。）

　　實在，究竟言語如何能窮盡言辭的意義，或更正確的說，意思的意義——除了衍生它？誠然，天地之初是文字而我們活在它的創造中，但是我們的精神活動可把它翻新而令這創造得以延續。

　　海德格對拉岡的影響十分深遠。剛提到的潛意識的符號意思的歷史性，先後兩次出現的大寫與小寫的它之區別，以及它們的前提，同時也是一直貫串拉岡的主題——客體化之迷惑、錯覺或認同之為錯認，都是海德格的中心思想的發揮。小寫的它是大寫的它的錯認、替身，這本質上的區別，海德格早已以小寫與大寫的存在分別開來。在進一步指出拉岡學說的重要性之前，還是讓我們稍為溫習一下海德格，看看二人可有不同之處。這同時亦有助本文結尾關

於隱喻的看法。

因為真理的歷史性，他稱全部歷史中呈現的真理為大寫的「存在」。由於我們在經驗事物之前已非純粹，必然存在種種觀念（如人是甚麼？野獸是甚麼？）我們所能認識的已被左右，所以「存在」的呈現往往淪為以管窺豹，片面而已。它的呈現其實只屬我們已有觀念自身的投射，而所謂肯定或客觀事實乃自然、自動不過的一回事。因為思考受制於理念的定義或圖則，具體事物變成抽象的客體；客體化其實是理念本身的再現，而所謂客體其實是主體的產物而已。所以他認為理性主義的毛病是客觀主義。它致命之處在以部份取代全體，把真理的其他可能意義——其他歷史性呈現——隱蔽了。（以偏概全，就是壓抑。）於是，對真理的呈現愈加肯定便愈是把這隱蔽問題隱藏起來。這便是海德格所謂的真理的退隱。它是真理的歷史性的結果：每一次的呈現只能是部份，因此每一次的呈現都同時是它的退隱。若要接近真理，我們必須克服那自我肯定的主體的我，不再視外在世界為已被我掌握的客體——事物的個別、具體性豈能等同於理念的定義、定位呢！

其次，他相信，情緒是人生命的必然屬性，是人存在的感覺。而焦慮／渴望（許多神經病共通之處）更具精神意義，是帶領人或顯示人開始掌握生命：正視人的生存意義、認真看待自己的未來，因為焦慮／渴望的人已感受到現實生活的異化，不安不滿於既有的觀念和秩序。值得注意的是，令人至為不安的不是一些具體或清楚知道的東西，而是那說不清、莫名、不知從何而來的它——它正是真理／生命本身的呼喚。而由於詩的語言是前觀念性的（未成為統系性的觀念）、感性的，所以屬於本體。

海德格稱詩人的言辭為「存在」的言辭。詩人的啟發性在其提出甚麼是值得質疑和思考的，這也就是說，質疑現在的「是」，所以他們的言辭雖然並非直接的陳述，卻能展示出將來：新的意義、新的視野。他堅持哲學家與詩人二者有着微妙的平衡關係，互相映照也互相攻錯。同時，畢竟詩是由人們熟悉的文字寫成，所以，雖然未醒覺的日常生活的存在與「存在」大大不同，但後者其實已在前者之中，從前者人們可走往後者。也即是說，誤解或錯認也可被反省而翻新。詩鮮活的話的文字效果當然異乎平常，因為作者的內心世界並非統一的主體，而是紊亂的、出位的、狂喜的。而狂喜的生命情態則為真理之道。

消滅客體，是拉岡與海德格共同的呼籲。二人均批判主體與客體以及內與外的區別的虛妄性，但海德格所針對的似乎是主體的專政。拉岡從人身分認同的問題出發，發現客體（或客體化）的作用在幫助人建立主體，並指出這作用背後的力量是人潛意識的欲望。換言之，主體與客體之間有着相輔相成、互為因果的關係。不單如此，他借助符號的空洞與欲望來推論人及其內涵（欲望）的虛無，進一步說明主體的掩飾、虛飾作用。所以，他對主體的批判似乎較海德格為徹底。

認識自己或找尋自己，都是陷阱，也就是「欲受肯定」的陷阱：人以為自己是有身分的，它可以且被完整地客體化出來，即被代表，這樣我們只是把自己弄成「自我」的客體。拉岡稱代表為小寫的它，因為它把大寫的它（另外的意義）隱蔽、異化了，也因為它以具體客體的形式蠱惑我們。客體化的弊端在於把事物偶像化，或把整體個別化。若生命或欲望只是符號，它的意義又豈能被某一意

義、某個名字、圖像來代表呢？對比於生命或欲望，思維永遠不足。（索緒不是說過符號並不代表事物嗎？）

現在拉岡學說的要旨相信已十分清楚。他說潛意識既非存在也非不存在，而是仍未成形、仍未明白到的。這除了是對實證主義的批判，也是對本質主義的批判：他想指出的是人現在或過去的可能性，或事物的潛在意義。這亦是他「意義串鍊」的要旨，因為符號之所以永遠指向另一符號，是由於站在它下面的還有後者，站在「一」下面還有「另外」：意義永遠還在未來，而這彷彿是真理的欲望。現在的真理，相對於全部真理而言，只能算是部份。新的意義早已潛在，只是未為人所明白到；然而我們已有所感受──「還未、還未」。雖然，人的最終和最初的真相我們是無法找到的了，但若要追尋可能的意義或真理，我們還是得丟掉某些觀念的主宰（意識形態的枷鎖），即是解散主體，去除主體的排拒。父親的禁制是「意義串鍊」的終止──父親的名字／法律必須廢除。這樣，我們才可進入「意義串鍊」，才可開放、突破、發現自己。

最後，拉岡說病癥是隱喻，而這可不是一個隱喻的說法──究竟病癥是甚麼的隱喻？病癥之所以是正常、秩序的顛覆，其實在於是被壓抑了的符號的回來。拉岡相信跨越符號與符號意思之間的鴻溝，只能是隱喻。因為隱喻隱藏着或象徵着另一符號，是被壓抑了的意義的回歸，是大寫的它的展現。海德格的中心思想是，全部真理不能完全呈現，而真理的呈現同時也是真理的隱藏，那麼拉岡的真理的符號性或象徵性，不是在說明真理應被視為隱喻嗎？隱喻之道，在於它不能被約減還原為某一觀念、某一真理。再者，隱喻的

意義不是也在説明傳統的真與假的二元對立的虛妄性嗎？因為一方面若以現有的是為真理，它不是相對全部真理而言，已是假的嗎？另方面，若隱喻是意義的生發，是新觀念的母體或雛型——若隱喻具探索價值，真不也可潛在於現有的虛假或不真裏面嗎？

隱喻與真理，一樣並不透明。一樣有「缺席的原因」。

九四年二月

斯芬克司的神秘象徵
與伊狄帕斯的理性主義
——詩人與哲學家的碰頭

古埃及自然之母說：「我乃那現在，過去和將來的它。
　　　　　　　　　　沒有人曾揭開我的面紗。」
詩人諾瓦里斯說：「若生滅的人真的不能揭開面紗……
　　　　　　　　　那麼我們當試圖變為不死不滅。」
尼采說：「只有美學才能使人對自身的存在感到釋然。」

　　古（Jean-Joseph Goux）寫了一部十分精彩的書《伊狄帕斯‧哲學家》。他以神話學、比較文學、哲學、心理學等多個不同的學科，來討論古希臘索福克利斯的一個悲劇作品《伊狄帕斯王》。大體而言，本文在一定程度上受惠於他對這劇本既多面又深入的分析，尤其是關於女妖斯芬克司的意義，雖然本文的題旨為文學藝術與哲學的關係——象徵呈現與明白分析、感性與理性、精神與智力、啟示與知識之間，究竟存在着甚麼的關係，以及這些與人的本體的關係。這是一個很大的題目，根本便是生命本身的課題。遺憾的是，時至今天，我們身邊仍然存在一群又一群年青伊狄帕斯式人物，一點兒都不明白文學藝術與生命的深刻關係，也不明白文學藝

術對哲學的啟發，甚至還努力嘗試以理性的權力去宰制、審查和壓抑文學藝術。本文只是就《伊狄帕斯王》一劇，和索福克利斯與當時一些哲學家的理性主義和人本主義的關係，而作的一些探索。讓我們先複述一遍這個悲劇。

眼睛的故事

底比斯國王因神諭他將由自己的兒子殺害，於是在兒子伊狄帕斯出生後，便命人把他棄於荒野，還把他腳跟刺穿。伊狄帕斯後來為鄰國科林斯一牧羊人發現，送給了膝下猶虛的國王。伊狄帕斯長大後，因有流言他為私生子，於是他往阿波羅神廟求證。神示他將殺害父親，並與母親生下孩子。聽到這可怕訊息後，他便出走科林斯，逃避預言。

路上，他與一老者爭路，且當腦袋被襲擊時，錯手殺了老者，後來去到底比斯。當時底比斯正受擅於以歌聲蠱惑男性的獅身人面女妖的詛咒，瘟疫蔓延。它還出了一個謎語：甚麼是早上四隻腳，中午二隻腳，黃昏三隻腳的東西。在解開謎底之前，它一天吞吃一人。伊狄帕斯解開了這個謎，令它憤而跳進深淵。底比斯人民視他為救星和擁有超人智慧的英雄，於是便把新寡的皇后賜給他。他婚後十分愛民，也極受人民愛戴，並生下二男二女。

後來，底比斯再次受瘟疫所襲。阿波羅的神示是：瘟疫是因為有人污染了國土，而那人便是殺害前國王的兇手，必須把這個仍在逃的人驅逐或殺死，才能把瘟疫除去。為了查出兇手，解救萬民於水火，伊狄帕斯便請來盲眼先知。然而先知說已忘記一切，還奉勸

他不要追查下去，以免為他及自己帶來災禍。伊狄帕斯不斷出言相逼，還辱罵他根本便不是先知（「是我而不是你解破斯芬克司的咒語，你的雀鳥告訴了你甚麼！」）。於是他唯有指出伊狄帕斯本人便是那個兇手。

伊狄帕斯為了求證，也為了找出多年來困擾着他的身世之謎，便再找來當年隨國王出外的唯一生還的侍從，希望他能證明自己不是殺害國王的人。可是這人不止是目擊兇案的證人，而且還是當年棄置伊狄帕斯的人。終於，一切水落石出。皇后在知悉真相後，羞憤自盡。而伊狄帕斯亦從她身上拿起金釵，刺盲自己雙眼，並要求人把他放逐遠方。

伊狄帕斯征服了誰

英語世界最近幾年出版了一些有關古希臘悲劇的著作，它們都是純從理論來討論悲劇在美學方面的獨特性及其哲學涵義[1]。古則從文學作品的具體內容出發，來探究文學藝術本身及它對哲學和心理學的意義。他首先比較了《伊》和其他古希臘的英雄故事，發現二者在題旨方面的明顯差異：前者的主角沒有被派給死亡任務而成英雄，他之所以成功全憑個人的力量，一點也沒有外力的幫助。還

---

[1] 例如讓-法蘭斯華‧庫爾蒂恩 (Jean-Francois Courtine) 等編，《關於悲壯》（亞本尼：紐約州立大學出版社，一九九三年／法文版，一九八八年）；約翰‧沙里斯 (John Sallis)，《越界：尼采與悲劇的空間》（芝加哥及倫敦：芝加哥大學出版社，一九九一年）；菲立‧拉庫-拉巴爾特 (Philippe Lacoue-Labarthe)，〈不可呈現的〉，收於作者《哲學的主體》（明尼亞波里斯：明尼蘇達大學出版社，一九九三年／法文版，一九七九年），頁一一六至一五七。

筆者在寫完此文後，才接觸到韋爾南和皮埃爾‧維達爾-納凱 (Pierre Vidal-Naquet)，《古希臘神話與悲劇》（紐約：地帶書局，一九九〇年／法文版，一九七二及一九八六年）。

有的是成功之後，他娶的不是他所愛或愛他的公主而是皇后（其實是他的母親）。這個解除人民苦難的英雄並不完美，他所犯的罪不止是亂倫，他在更早時已同樣在一無所知的情況下，殺了父親。古從其他的英雄故事梳理出它們的共同題旨為：取得成人資格或英雄得以登基的三個必要條件[2]。它們為人的勇氣、繁殖力或情慾[3]，和智慧三方面的成熟。而伊狄帕斯只受到最後一項的考驗——破解了當時帶給底比斯人民災難的女妖斯芬克司的謎語；更值得注意的地方是，他不像其他英雄那樣，曾獲象徵智慧的雅典娜女神或象徵激情的愛神，或代表神的先知的幫助，他純粹以（個）人的智力擊敗女妖[4]。他否定一直為人所信奉的神聖力量。

　　古強調伊狄帕斯並沒有真正征服女妖，因為他並沒有殺死它，只是令它憤而自殺[5]。斯芬克司由三部份組成：女性的頭、獅子的身和鷹的翼。古認為這分別代表三種力量：情慾、勇氣和智慧。所以它其實提出了三方面的考驗。若伊狄帕斯親手殺死了它，則代表自己這三方面，即全面的成熟。但他沒有[6]。而意味深長的是，他所沒受到的其餘兩方面的考驗與他所犯的罪不謀而合：情慾沒受考

2　專門研究古希臘文化的法國學者讓-皮埃爾·韋爾南 (Jean-Pierre Vernant) 則認為本劇的原型為身分逆轉。他以非常豐富的古希臘民族文化的知識，指出伊狄帕斯對父母和子女、對國家和人民而言的多個雙重身分。見〈《奧狄浦斯》謎語結構的雙重含義和「逆轉」模式〉。收於中國社會科學院外國文學研究所資料叢刊編輯委員會編，《古希臘三大悲劇家研究》（北京：中國社會科學出版社，一九八六年），頁四九六至五二八。

3　古希臘相信如果國王秉公治國，他的城邦便繁榮昌盛，但如果他顛倒黑白，饑荒與瘟疫便降臨——男人死亡、婦女不育、大地無收、牲畜不再繁殖。國王是繁殖力的主宰。又，酒神原身為豐收神，他的象徵物便是陽具。後來葡萄成為主要的農作物，他便成為酒神。而根據佛洛依德，繁殖或保存性命和性慾均屬人的生欲，它由愛慾主宰。

4　讓·約瑟·古 (Jean-Joseph Goux)，《伊狄帕斯·哲學家》（加利福尼亞，史丹福：史丹福大學出版社，一九九三年），頁十四至十五。

5　同上，頁十六至十七。

6　同上，頁六十四至六十五。

驗，終於亂倫，勇氣沒受考驗，終於弒父[7]。它們都是這兩方面最
可怕、最嚴重的罪行——因為沒有被征服，它們是這些力量的扭曲
折返[8]。後者在《伊》值得注意的地方有兩個，其中一個是他在腦
袋被人（當時他不知道那人是父親）襲擊後才出手殺人的。他的理
智可謂不堪一擊。古說這便是他的暴力戰勝他的理性的證據[9]。但
他似乎一點也沒注意到自己的這問題而欣然接受王位（第二個地方
稍後再述）。他最光輝璀璨的成就的背面，是最陰森恐怖的影子。
他的勝利原來同時意味着他的失敗。

從留傳下來的古希臘文物中，我們發現斯芬克司守在墳墓，腳
踏人頭，因為它在神話世界中為守護和引領死人的靈魂進入另一個
國度的神。古指出這其實標誌着另一種啟蒙，一種更高層次的存在
境界——發現和進入神聖的境界[10]。我們知道古希臘酒神教所信奉
的酒神戴奧尼索斯，為宙斯與凡女所生，他象徵了死亡乃再生或獲
至無限精神力量的途徑（信徒主要是女性）。我們同時知道由埃及
傳入的古希臘奧爾菲斯教和深受它影響的畢達哥拉斯學派，相信靈
魂不朽和靈魂是神聖的。腳踏人頭，因為精神的境界非人的智力所
能達至，而是屬於神聖的境界。人必須捨棄他的理智方可取得更高
的成就：真理。人神之別，在於知識的高低；更在於知識的神聖來
源（先知所傳遞的是神的知識）。斯芬克司乃神聖國度的門神。

而伊狄帕斯對斯芬克司之謎的答案：「人」，及這答案對它造
成的後果，除了顯示他純粹的（個）人智力，還由於它的神聖身分
而具特殊意義，因為它不止被冒犯，而且在他面前消失，這無疑是

7　同上，頁三十四至三十五、頁三十七至三十九及頁七十二至七十三。
8　同上，頁一五六至一五七。
9　同上，頁一五七。
10　同上，頁五十五至五十七。

對神聖的絕對否定[11]。他這個神奇的「勝利」，在底比斯舉國歡呼歌頌聲中，激盪起一陣陣遠較真實為偉大的幻覺（拉岡的「鏡子映象」）。還有，更客觀、更「致命」的是他因此而黃袍加身——獲得了傳統上需經考驗才能證實的治國資格（這兩點古沒有提到）。所以，他的「自我」豈不全為自戀所佔領——他豈不以為自己已完全勝過了神，或已否定了神聖的存在呢？（這表露無遺於他與先知的對話中。）他的腦袋其實不是一次而是二次被衝昏了——先後都造成了罪孽。這個無神論知識分子的答案，古認為並沒有真的參透了斯芬克司之謎。他所給予的不過是一個表面的答案。因為「人」這答案忽略了人理性之外的動物性的特徵[12]——人畢竟是動物之一（嬰孩便如四條腿走路的動物一樣）；人的思想畢竟包藏在血肉之軀內——以至漠視了這些所謂非人性的力量的存在和作用。它們力量之強大，足以顛覆人沾沾自喜的理性，把人從自以為標誌着人脫離了動物的行列的站立姿勢，再次擊倒地上。

斯芬克司其實是人神秘心靈的象徵。它之謎其實是人心靈各種神性或獸性的潛伏力量之謎[13]。它的謎語同時指向人的精神與自然屬性，是使人快樂與痛苦的欲望的謎語。謎語，神秘的語言，需要詮釋，更召喚人去思索。欲望，人各種的潛在激情，其實沒有甚麼本來的對象或目的，沒有本質可言，它不過是社會把人一片混沌的動物性能量符號，予以調節，制定為某些認可的特定理想。這個名字便叫「腳腫的人」並沒有參透這個關於腳的謎語，因為腳正是他的毛病所在。他獨個兒走路或趕路時，便常有傾倒之虞。

11　同上，頁七十四及一二〇。
12　同上，頁一五五。
13　同上，頁一五七及一六六。

　　伊狄帕斯的答案「人」的深層意義，我們還需進一步從人的角度來掌握。作為知識分子的伊狄帕斯不同於前人的地方，是他的知識並不來自（神聖的）師傅，而是自己發現的。這毋寧是他所扮演的的反傳統角色的核心——自學即不敬神[14]，僭越了阿波羅的權威[15]，盜取了祂的聖火。這也是古希臘文化從神秘象徵的時代走向理性哲學的時代的重要標誌，因為雖然在他之前已有哲學家開始擺脫神的力量來尋找知識，甚至因此而被逐出國，但他們沒有像年青的伊狄帕斯那樣徹底。古希臘歷史發展至索福克利斯的時候，許多（雅典）奴隸隨着經濟發達而晉身為自由民，要求民主政治，分享一直以來由貴族壟斷的管治權。而當時實施的民主制度，相當先進，（男性）自由民不止有選舉和裁判的權利，也有被選為官吏的權利。加以物質條件的提高和享受到人改善自己生活方式的機會，所以伴隨着人人平等的意識而來的更有個人意識的抬頭。他們不甘於接受傳統的法則，要求以人，甚至個人，來取代神的權威。伊狄帕斯在作品中，既是父親的兒子也是母親的丈夫，既是兒女的父親也是他們的兄長，他破壞了長幼尊卑的神聖傳統秩序。而且他弒父的原因是他不肯讓路給父親——年青者與年老者爭路，前者毫不敬老甚至把他殺死。所以伊狄帕斯正是這種新階級、新意識的代表，更由於他是自學的，他更是人自我、獨立自主意識的代表。

　　古提到黑格爾認識到斯芬克司是人精神（心靈）與自然（肉體）的象徵，但由於一方面他的精神只限於理性，另一方面他把理性精神與自然（獸性）二元對立起來，要求前者擺脫和取代後者，他只視斯芬克司為謎而已，而不是具一定真理價值的象徵，或一種理念

14　同上，頁十四至十五。
15　同上，頁一〇六至一一二。

或真理的表達形式[16]。此所以他認為伊狄帕斯的答案表示人的自我意識（理性精神）征服了人的無意識（自然）——人已掌握了自己而不再受制於內心的其他力量。古指出黑格爾的這個論斷，是完全忽略了《伊》的其他部份——伊狄帕斯的罪——所致[17]。也許我們可以進一步指出這其實同時反映了黑格爾的客觀主義——他追求精神的絕對自我呈現；追求事物完全客觀的意義或「答案」，因而壓抑了事物的許多可能意義。意義無疑是在一定的歷史背景下展現出來，可歷史並不如他所相信在他那時代已發展至最終階段；它在他之後和我們之後仍在發展，而且難以預料。

　　古就是從黑格爾過於要求精神主宰自然，過於要求「我」這個自我意識統治自己，和過於要求意義統治符號這點，而推論出異於佛洛依德的意識與潛意識的關係的結論。雖然伊狄帕斯因強烈的自我意識而醒覺到神不過是人自己的欲望的向外投射，而把神殺死，可與此同時卻把自己理想化，膨漲的「自我」取代了從前的神。但由於人的精神無法完全揚棄以至取代人的自然，這種意識反而把自然壓抑為潛意識，成為了人「自我」的潛在危機，成為了一頭伺機而伏的猛獸。換句話說，伊狄帕斯情意結不是老早便存在人的心靈深處，而是隨着人自我意識的自以為是，隨着人自以為認識了自己，隨思想的萬歲而產生的——潛意識是意識自己的產物[18]。同時這個結論有其神話根據，因為在《伊》以外的英雄故事中，英雄都殺死女妖，這其實象徵着脫離母親獨立成人而不是依戀母親——獨立自主才是男性的欲望或理想[19]。這無疑乃父權社會的「自然」產

16　同上，頁一六三至一六五。
17　同上，頁一五六。
18　同上，頁一九四至二〇〇。
19　同上，頁二十六至三十一及頁四十二至四十三。

物——成為父親的兒子而不是母親的兒子、女性的主人而不是女性的愛人。

故事中的眼睛

關於伊狄帕斯在知悉真相之後刺盲自己雙眼這個片斷，古似乎只注意它與晚年的伊狄帕斯的神聖境界的關係（見《伊狄帕斯在科羅納斯》），而忽略了它在本劇的意義。所以我想補充幾點。首先，他的罪可說是由他過於相信自己的眼睛所造成。他以為自己是科林斯而不是底比斯王子，所以聽到預言後他便遠離科林斯，去了底比斯，以為自己已遠離父母，卻不知道自己正回到父母身邊。究竟，眼睛能看到多少？看得到甚麼？看不看到自己？看不看到自己是如何在看？所以他懲罰自己，而這也可說是他派給自己的任務。古認為伊狄帕斯沒有像其他英雄那樣被派給艱巨的任務，但這其實便是。雖然他們是在獲取成人資格之前面對挑戰，而他卻是在之後才面對，但這與他異於他們的考驗程序是相應的。而且由於帶有懲罰性，或為了自我承擔，所以這挑戰的艱巨性較他們的為高——失明、衰老、流浪異鄉、孤苦伶仃之外，還有那些異常沉重的記憶，無疑是比死更難受的痛苦，也是比殺妖除魔更不可能的任務。（所以，他晚年的成就也比其他英雄更高。）

其次，刺盲自己雙眼具閹割的意義。這一方面固然是對自己所犯的性與暴力的罪的相應懲罰，另方面也具有其深層意義，因為這些罪反映出理性相對於人的激情之無力和相對於無意識之貧乏。為了懲罰不足以倚賴或不可靠的理性，他便把它閹割掉。還有，他是

自盲的。這乃相應於他的自學，因為他自學所得的只是智力。太多的理性之光令他盲目，令他不能好好看清事物。他曾因自己的智力而嘲諷、辱罵先知。但盲眼的先知雖然看不見肉眼所見的東西，卻擁有先見和智慧（先知勸他不要尋找真相）。他其實是被自己某一方面過分發展的能力所害；他太相信自己的智慧了。但最值得注意的地方，相信是刺盲雙眼的死亡象徵。理性的死亡乃進入肉眼所不能見的精神國度；忘「我」乃突破「自我」，讓人潛藏於自己體內的精神力量得以解放的竅門。「我」之死為另一個我之生。所以他自我放逐，放逐「自我」。究竟，理性能夠知道多少？知不知道自己其實有所不知，及不知道的是甚麼？知不知道哪些是自己無法知曉的？

像斯芬克司一樣，刺盲自己雙眼後的伊狄帕斯，成為一頭人人避之則吉的怪物。也像被他氣得跳進深淵的斯芬克司一樣，伊狄帕斯在刺盲自己雙眼後，便自行走進深淵，活在生與死之間的神秘領域。而這，與其說是佛洛依德所說的返回人自己原始的生欲與死欲的混沌世界，不如說是人再生所必須經過的痛苦燃燒。因為他後來神奇地取得了超自然的賜福和先見力量。我們應該注意，後者可不是他刺盲自己的目的，並不是他意識所及的。自盲此舉可謂超越了他的「自然」能力，也超越了一直主宰着他的理性——他現在成為了超人。

對命運的冷笑

庫爾蒂恩 (Jean-Francois Courtine) 發揮了德國浪漫主義哲學家謝

林對伊狄帕斯在劇終的自選苦難而不是死亡的獨到見解。他認為這毋寧是伊狄帕斯的自由意志的悲壯表現。命運的力量雖然強大，雖然把他折磨殆盡，但它畢竟沒有叫他刺盲自己和放逐自己，這是他自己的選擇。尤甚是他離去前的一番肺腑之言，無奈也悲愴，令人不寒而慄。我想這大概是人對橫逆的命運所能回以的淒然冷笑。伊狄帕斯已超越了死亡的必然性。庫氏指出伊狄帕斯與命運的角力，其實是個人自由意志與加諸個人身上的必然限制的角力。二者在《伊》的角力結果是大家不勝不負、又勝又負——前者雖然得勝，但它沒有征服後者、沒有改變了後者。而後者雖然得勝，但它只是把前者打倒，卻沒有征服它。從這場巨人般的角力，我們一方面看到了雙方的絕對無限力量，另一方面，也看到了自由與必然都有其預設，雙方的存在都必須接受對方為自己的前提。自由需要它的對立力量才能展示自己、肯定自己。反之，必然也是。對立面之互為依靠，無疑是黑格爾的睿見。但庫氏在指出二者的完全對等角力的同時，其實也指出了黑格爾的精神辯證法之不足，因為按照後者關於理性思維的理論，矛盾對立必然會和解而達至統一，但《伊》展示的卻是矛盾對立雙方的難分勝負、既勝且負的混雜性——「勝」和「負」的意義的雙重性、相悖性，而不是黑格爾邏輯理性所推論出的單一、統一意義（理念）。這毋寧是對個人／自由／意志與非人／必然／限制的關係的更深刻、更具體的理解[20]。

關於自由與必然的絕對無限性，庫氏追隨康德說「無限」這概念是無法直接掌握的[21]。的確，若不是藉間接但形象的呈現，我們如何能表達任何的「無限」概念呢？大概「無法想到有甚麼是比神

20　庫爾蒂恩〈悲劇與悲壯〉。收於作者等編，一九九三年，頁一五七至一七四。
21　同上，頁一六七至一六九。

更偉大的」，是純理性思維所能直接表達的「無限」概念的極致。可我們還有象徵的表現途徑可依靠。斯芬克司便是一個象徵。雖然我們在這裏無法對庫氏所指出的（自由與必然的）互為預設這重要概念，進行較全面的探討，但或者也可稍作引申。第一，（理性）精神的確有其必然的前提，它便是自然和馬克思所説的作為人的第二自然的社會。有血有肉的人自當有其外在於自己的自然的必然，有其自己所不意識的欲望，而與他人生活在一起的人，也自當有其外在於自己的社會限制或壓抑，尤其二者都是人具體存在的根源。第二，「現實」（或「實現」）的前提為它的「潛在可能」。這按照海德格的説法，則是「出場」／「現身」的前提為「在場」／「棲身」。根據同一道理，知或知識的前提，為事物可知卻未必為人所知悉的地方，所以若以為知的意芯已征服未知的天地，其實是一種無知，只會一天遭受未知的無情顛覆，只會遭受潛意識的無情反噬。

謎語的多重意義

著名古希臘文化學者韋爾南（Jean-Pierre Vernant）十分細緻的分析過《伊》，認為它不止是環繞着一個謎語而展開，而且從它的序幕、發展和結局來看，它本身就是以謎語的形式構成的。他的着眼點是作品的謎語結構與主角的身分逆轉之間的呼應。所以他的結論是：《伊》指出人的存在是一個懸而未決的問題，一個無法解開其雙重意義之謎，而斯芬克司之謎其實是「人為何物」之謎[22]。這

22　韋爾南，頁五〇五至五〇六。見註釋 (2)。

非常對，而且我們現在可進一步說，謎語的多重意義便是被伊狄帕斯的「答案」所壓抑着，以至謎語的最終意義——不解之謎——是一知半解的他所無法知道的。關於身世之謎，他只知自己會弒父娶母，卻不知他一直所「知道」的父母並非他的親生父母。至於斯芬克司之謎，他只知是人而不知人的存在是無法下定義的，人的特質是無法完全被掌握的。這兩個謎都是關於認識自己，關於認識人的生命這個不解之謎，亦是關於真理的不解之謎。韋氏說伊狄帕斯這名字拆開來便有「懂得腳」的意思 [23]。這個一生都在追尋自己身分的人，只知逃避。他並不懂得關於腳的謎語。他並不認識自己；當他一隻腳踏上幸福時，可另一隻腳卻踩進災難。斯芬克司沒有被他殺死，因為它根本便不會死。

伊狄帕斯沒有解開斯芬克司之謎，而且也不可能做到。他的男性理性不過是人的精神能力之一。更重要的，是它以自身的清楚明白的知識特性，把其他能力，其他以顯示或暗示方式表現的真理否定或壓抑。對它而言，關於他人尤其是自己，無法理解和不受控制的情感或感性能力難免是可怕的，一如人（自小就）害怕陰暗。「它」必須從「我」的領域排除出去——「它」並不顯示「我」之不足或不是。理性／知識／揭秘雖然屬於精神成就，但就「愛智」這精神／欲望而言，它的自我肯定無疑把「渴望無限」的精神／欲望僵化、異化了。它根本便不懂愛之為愛的無盡的追求以及無償的付出。伊狄帕斯並不認識自己，因為人根本便無法認識自己——因為承認已知的自己（「我」）以外，還有不知的它——承認其他，承認「人性」以外的「神性」和「獸性」，而不只是承認自己，是

23　同上，頁五〇八至五〇九。

人認識自己的必然、內在條件。拉庫 • 拉巴爾特（Philippe Lacoue-Labarthe）指揭開了斯芬克司面紗的伊狄帕斯，代表着哲學存在於精神與感性、意義與表達、揭露與顯示、知識與欲望之間的焦慮[24]，因為他以前者來壓抑後者這些無法被壓抑的力量。他壓抑了女性，或準確點説，他壓抑了自己的陰性。

　　儘管黑格爾為了使精神為人自己所掌握，而要求把它提升為理念，方為人自己的精神，同時儘管他給予藝術的地位不及哲學，但他畢竟承認藝術具一定的價值。他同意詩的虛構和意象是現實與真理的一種真實具體的統一，即使這種方式僅屬精神自身／自然的呈現[25]。我們可直接點説，對他而言，藝術和精神之所以次於哲學和理性，是因為它們不純粹，尚未達至回歸自我的理念的地步。關於藝術與真理的關係，黑格爾有一段説話值得注意。他認為不同於男性的精神的經過分裂然後統一為自我意識，女性的精神仍處於精神與自然的原始統一狀態[26]。它是以具體個性和感覺的方式來保持自己（精神）的實質的知識和意志力[27]。這便是説，藝術像女性一樣，二者的感性雖然不等同理念，但都有價值。因此，重要的是，若我們不認同黑格爾以理念為真理唯一的表達方式，及前文提及的精神與自然的二元對立，我們當發覺陰性精神或美有其完全不下於陽性精神，即理性的真理價值。但黑格爾清楚知道自然與性欲對精神的危害，它必須被壓抑。所以他要求把女性的肉體遮蔽起來，説這才

24　拉庫-拉巴爾特，一九九三年，頁一四二。
25　黑格爾，《美學》（牛津：克拉倫敦，一九七五年），第二卷，頁九七六及一〇〇一。
26　同上，卷一頁六二。
27　黑格爾，《權利哲學之元素》（劍橋：劍橋大學出版社版社，一九九一年），頁二〇六。

顯現精神[28]。而男性的肉體則不需要這樣做，因為它與性慾無關，它只是精神[29]。所以，拉氏批評黑格爾：他的男性永遠是精神，而女性永遠只是感性[30]。

研究文學與哲學的關係和海德格的拉氏，當然不會看不到蔽體的女性的意義。他指出即使黑格爾承認藝術、女性和美都是精神的呈現——有感性知識這回事，他卻以道德和理性的名義，堅持它們要穿上衣服——否定感性知識的價值[31]。這是因為理性精神拒絕肯定它自身以外的任何價值，或它所不能「理解」的東西。然而，這等於承認理性不能揭開一切秘密，或直接點說，（全部）真理是不可能達至的[32]。然而，十分諷刺的是，黑格爾對提升至抽象理念（自我意識）之前的陰性精神的刻畫，拉氏認為毋寧是對只屬「在場」／「棲身」而不會全體「出場」／「現身」的真理本身的寫照——雖然真理必由外界的觀照而展現出來，但它不是最終潛在於事物本身嗎？根本，女性的軀體之所以需要遮蔽起來，是因為真理便是陰性（這當然不等於說女性便是真理），它是無法完全展現出來的——它是無法被揭破的。而這是追求絕對真理的黑格爾所無法接受的。

包括人在內的實質世界，本來便是自然與精神的混合，它本來便如神秘象徵那樣無法被訂定下來，一如影像的意義之超乎決定。神性與獸性、善與惡、本質與表象等意義，不過是對它的可能意義的一些特定「理解」或詮釋結果。理性的觀照只會把無限的不定的

28　《美學》卷一頁四三四；卷二，頁七四二至七四三。
29　同上，卷二，頁七四四至七四五。
30　拉庫‧拉巴爾特，一九九三年，頁一四一至一四二。
31　同上，頁一五五至一五七。
32　同上，頁一五四至一五五。

實質世界約減為一幅幅沒有生命的圖片。人無法揭露真理，因為人所引以為傲的理性根本便與真理有所衝突──因為它不知自己其實會踐踏真理而無法把它掌握在手中。感性或藝術，正由於它們並非甚或無法成為明確的理念，它們毋寧是符合真理的特質。此所以拉氏說陰性只是在顯示自己──為了提示而顯示自己[33]。只有那要求真理暴露於自己面前的陽性理性，才會否定感性和藝術之陰性，才會否定自己無法抓住的若隱若現、轉瞬即逝的神秘顯示。（所以究竟誰才可怕，陰性還是陽性？）

文學的超越

索福克利斯不滿當時大受欲晉身政壇的青年和新興階級所歡迎的新興哲學家辯士學派。他們標榜個人才智及設館授徒，販賣雄辯術（修辭學）。他們一方面因見識到各地倫理和信仰之不同，而相信社會文化不過是約定俗成，而非自然或天命制定，提出價值的相對論和宗教的懷疑論，另一方面受到當時民主政治的鼓舞而鼓吹人人平等。他們的表表者普羅塔哥拉的座右銘是：「人是萬物的衡量，以其所見之是為是，所見之非為非。」這股以人為中心的新思潮，令對傳統信念予以不同程度的肯定的索福克利斯和蘇格拉底，均大為不安。因為這尤其對前者而言，無疑是質疑古老的傳統的絕對性，質疑傳統以神為中心的思想，如永恆的神聖知識以及以神的名義制定的倫理法則。加以部份辯士在替人進行法律訴訟時強辭奪理，混淆是非對錯，益發令人對這些哲學家感到不滿。

33　同上，頁一五六。

　　伊狄帕斯固然是辯士的象徵，可他同樣是反對辯士學派的蘇格拉底的象徵。首先，像伊狄帕斯一樣，這個被阿波羅指為最聰明的人是自學的，他沒有受過任何老師的教導。他並且是第一個主張知識為自我反省、自我發現的結果的人。其次，雖然他強調德行為知識的目的，但他認為知識便等於德行——他相信若人知道甚麼是善，便會行善；只有無知的人才犯惡。但是我們知道，索福克利斯筆下的伊狄帕斯盡力行善避惡，但可惜他所知有限，連自己犯惡也不知。而且若他（及他的父親）無知——不知道神諭，他會否犯惡呢？知識並不便是等於德行。蘇格拉底並未明白到理性的局限、自我的不是——人不是自己的主人。（儘管佛洛依德的「伊狄帕斯情意結」不足以解釋人的潛意識，人不是自己的主人——人受制於客觀的外在世界以及超越我和原我——這結論，仍是成立的。）

　　蘇格拉底還有一個非常特別的地方：他譴責享有先知那樣崇高地位的詩人和拒絕觀看悲劇（除了是受他影響的歐里庇德斯的作品）。他指赫西俄德和荷馬醜化了他心目中至善的神，因而教壞了人。他還要把敗壞理性的詩人放逐出國，因為他們的作品誘發起各種本來被理性克制着的情感和欲望。至於悲劇，他質疑它的深度，不過是它的意義不清楚明白而已——如他經常嘲笑人缺乏明確的概念。認為美的事物必須是可解的事物——追求赤裸的真理的他，當然否定那些不能被理性征服的奧秘或神秘的東西。可是非常諷刺的是，他由被誣告褻瀆神和教壞青年而入獄的那天，開始寫詩（作劇）。其實他以前便常聽到一把聲音，叫他作曲，只是他不予理會。現在，他夢想到神的最後呼喚，終於服從了。他的夢毋寧是被他所壓抑的東西的回返，叫他面對自己，叫他解除理性對感性的禁制，

叫他解放自己的精神力量——他其實不止反對詩和音樂，他也壓抑了自己的情慾——從他對酒的節制，便可見一斑。

關於蘇格拉底的心靈，我們還可從他對死亡的看法得知。他相信靈魂離開肉體，仍然繼續永恆的生命——他相信離開這個不公不義的世界後，他會到一個完全正義的至善世界，所以他從容就義，視死如歸。但關於不朽的靈魂，他其實無法給予明確的解釋，卻深信不疑。這不正是他的呼籲「（理性地）認識自己」的致命盲點嗎？而且，按照他一直對人的嘲笑，他最終不是在嘲笑自己嗎？可說，他的理性主義始終無法征服他的傳統的神秘信念（信仰），存在於他的理性背後的，一直為他的理性所壓抑的神秘心靈，一直無法為他的理性所知悉，更不要說宰制的東西，終於現身說法。（阿波羅對他的訓示為「認識自己」，而非「理性地認識自己」！）[34]

由辯士學派和蘇格拉底所代表的理性主義、人本主義和個人主義之不足，屬於前蘇格拉底式思想家的索福克利斯，透過他的藝術作品一一顯示出來。藝術或美或感性對哲學或理性的「誘惑」，不是正在於它推動、激發人的反躬自省嗎？教人知道理性或觀念之不足甚至陷阱嗎？——不是正在於它呈現了未知的世界？教人知道在知識的彼岸，是無邊無際的未知？——在人可知的世界以外，是不可知但可感的神秘的無限領域。而可感但不可知的無限，人若不是以象徵（意在言外）的手法來表徵，如何能把它從有限的東西顯示出來？象徵，偉大的象徵，解之不破，因為它固然牽引欲望，但它根本便是欲望的產物——渴求無限，渴求絕對的自由解放，乃人靈性的自然欲望。說那不可說的生命的無限感（無限可能、無限欲望、

34　關於蘇格拉底部份，主要的參考為沙里斯，一九九一年，頁一至一四五；古，一九九三年，頁一四〇至一四四。

無限意義）：忍受那不能忍受的人的有限存在——是生命的難題，是生命給予自身的課題。藝術，遠較知識能帶領人走出觀念和理性的牢房，走出「人」（「我」）的種種自然和人為的限制，無畏地邁向無限，邁向未來。

安蒂岡妮：若干詮釋的可能

〔摘要〕

　　本文爲筆者古希臘悲劇《安蒂岡妮》研究初稿的一部份。整個研究集中在三個範疇。一、劇中特別是歌舞隊所帶出的數個神與安蒂岡妮的關係。因爲古希臘悲劇在藝術形式方面的第一個特色，便是歌舞隊的角色，它既參與劇情的發展，也超然於劇外而作出評論。同時，古希臘神話與古希臘人的宗教、世界觀，關係非常密切，構成了一種獨特的人生觀。二、安蒂岡妮的問題。她的思想和情感充滿問題，這當與她身爲一個問題人物和經歷過的異常生活，大有關連，但相信也與她的處境有關。她受血緣和死亡、罪與罰的問題纏繞，但似乎也受偉大／英雄和神聖的問題所苦。透過她對這些問題的理解及全劇的發展，作者索福克利斯對生命的意義提出了深刻而感人的反思。而拉岡從心理分析和海德格從存有論的角度又提出了甚麼獨特的看法？三、克里昂與安蒂岡妮的關係。二人代表着不同的價值觀和精神，二者的衝突固然反映和帶出了當時社會正面對的民主政治的問題，但更原則性的問題是：是否如黑格爾所言，二人皆對了和錯了一半，二者的調和統一才是正確？女性主義者對此的批判又如何？本文雖屬這個研究的導言部份，只是勾畫出這三個範疇的可能面貌，只是進行研究時的一些背後的指導問題，但相信這種詮釋可能性的探討，有助人們對這個劇的了解，並對進一步的研究提供參考。

安蒂岡妮在一夜之間，由一個原來快樂和高貴的公主，因父親身世之謎揭破，而變為一頭可怕的怪物。她原來是亂倫的產物：是一個受詛咒的對象，而不再是為人尊敬和羨慕的對象。當父親在母親羞愧自殺之後自盲雙目及自我放逐後，她便與妹妹伊斯米妮一起追隨父親左右，過着長期孤獨又顛沛流離的日子，直至父親去世為止。她可說嘗盡了人間的冷暖和悲歡離合。父親犯下了無法寬恕的罪，帶給了她無法救贖的不幸，但作為女兒，她卻沒背棄孝道，特別是在他自願承受着非人的苦難的時候，她所要盡的孝道便也尤其非人。生命的荒謬和悲哀，她可說嘗盡了，而她只不過是一名少女而已。

這些其實是《安蒂岡妮》的背景，或故事背後的故事，但也可說是本劇的由來。本劇所環繞她的兄弟波尼涅西斯下葬一事，更進一步顯示她異於常人的地方。她違抗新國王（也是她的舅父）克里昂所下的禁葬令，獨自一人冒着生命的危險把波尼涅西斯埋葬。沒有人敢這樣做，也沒有人同情她，連相依為命的妹妹也在懷疑她一人可做到這事之餘，勸阻和拒絕她的請求，因為波尼涅西斯為帶領外族攻打自己城邦的叛國者，也是由此而與兄弟厄忒俄克利斯自相殘殺的人。最後，她被新國王判處死刑，活埋於石窟之內。滅亡的收場，她是知道的。她在克里昂正式頒布禁令和違令者的懲罰之前已經知道，但為了盡親人對死者的責任而把兄弟埋葬，以免他暴屍荒野，為野狗和飛鳥所撕食，她不得不明知故犯。提前的死亡，對這個遺棄於世，長期在曠野存活於半生不死之間的人來說，相信無疑是一個期待已久的解脫。「很久以前，我便獻身給死亡，好讓我

能侍奉死者。」（630－1）[1]「必死無疑，這我老早便知道，即使沒有你的死亡裁決。提前的死亡，實在有益於我。世間上，活得像我那麼悲哀的人。誰不會樂得死去？……但若要我眼睜睜的看着我母親的兒子的屍身腐敗，那才傷透我的心！」（512－22）

　　誠然，克里昂的決定無異於把波尼涅西斯謀殺多一次，但是何以安蒂岡妮要對這個兄弟如此克守孝道？就因為不滿克里昂只厚葬她另一個兄弟？就因為這是當時社會的倫理規範？那麼，她的妹妹便是一個貪生怕死的不悌的人？而她則是不惜一切和不理對錯都熱愛親人，都要履行家庭倫理義務的人？但這個兄弟不是為了一己的利益而殺害親人，完全破壞家庭倫理的人嗎？換言之，她的二個兄弟不是都抵觸了她的倫理原則嗎？還是，她整個家族都大逆不道，而她想以個人的力量來挽回家族的聲譽，所以她便以異常的倫理德行來彌補異常的倫理錯失？還是，她只是相信她整個家族都受到詛咒──兄弟相殘不過是悲慘命運的一個例證──於是她便那麼積極地作出自毀的行動？

　　安蒂岡妮的事蹟值得注意的地方還有很多，而且都與她這個自毀行動緊密相關，或前後呼應而把主題深化，或互相辯證而帶出問題的另一面，使她最後呈現為一個無法定性、定論，但又可歌可泣，以及激發起連串思索的人物。第一，她是以神的名義而犯下這條人間的法令。她從始至終都堅持自己的所作所為是遵照神聖的旨意的。「我會親自把他埋葬，即使我會因此而死。這個死亡將是光榮

1　括號內的數字為索福克利斯《安蒂岡妮》一劇最新英譯本的行數。下同。Sophocles (1984) .*The Three Theban Plays: Antigone, Oedipus the King, Oedipus at Coolonus*. Trans. R. Fagles. Harmondsworth, Middlesex: Penguin. 中譯則為筆者。讀者可參考羅念生《安提戈涅》的譯本，收於《悲劇二種》，一九六一年，北京；人民文學出版社。

的……奉獻給神。我寧願取悅死者而不是生者。」（85 — 9）她當着克里昂的面前，以自己所服膺的律法質疑他的禁葬令。「你這個律法，不是宙斯發出的，發給我的，也不是地下的正義女神頒布予人的[2]。你凡人的法令。豈能推翻神聖的不成文的偉大傳統。它們源遠流長，沒有人知道它們何時開始便已存在。」（499 — 508）她所指的不成文的律法是：為死去的家人舉葬這遠較任何法律為早的傳統習俗。但另一方面，克里昂也宣稱他是以宙斯的名義而頒下這個維護城邦的法令（205）。所以，當歌舞隊聽到士兵的第一個報告後，禁不住說了句「這會否便是神所為？」（316），他便勃然大怒：你們這些長老是否老糊塗了。神豈會理會這屍體？這個人幹出甚麼好事！（318 — 25）。他還以宙斯的名義恐嚇那個負責守屍的士兵，說若他找不到違令的人，便把他問吊。（345 — 9）然而，我們不應忘記安蒂岡妮在劇初曾直指宙斯為她家族的苦難的罪魁禍首。究竟，宙斯是站在克里昂那邊還是站在她那邊？究竟，在神界中，城邦和皇室與家族和血緣二者之間，哪個較優先？其次，她的神聖律法不止像克里昂那樣來自天上的宙斯，也來自地下的正義女神，而後者同時亦代表復仇與憤怒。特別為冤死的人報仇雪恨[3]。她何以二者皆遵奉——宙斯不是連地下也管轄在內嗎？而那個冤死者便是波尼涅西斯？還有，她似乎特別強調她的神聖律法的古老和不成文的特性。究竟這是甚麼意思？她是否指血緣這個可謂人的最自然的關係？但這個不也是所有動物最自然的關係嗎？

2　有學者認為這幾行詩不是指克里昂而是指安蒂岡妮自己的律法。筆者跟隨 Fagles 及 海 德 格 的 譯 法。Heidegger, M. (1996). *Holderlin's Hymn 'the Ister'*. Bloomington and Indianapolis: Indiana University Press. P. 54-115.

3　有關古希臘神話及宗教的內容，除特別標明出處的地方，其餘主要參考為：Hamilton, E. (1969). *Mythology*. Boston: Little, Brown and Co., 及 Ricoeur, P. (1969). The Symbolism of Evil. Trans. E. Buchanan. Boston: Beacon.

故事發展至後來，一直視死如歸的安蒂岡妮，卻為自己的早逝悲慟起來。「各位鄉親父老，請看看我……冥神現在要把我活生生的帶往冥河邊。我與黑水河結婚，我的婚禮沒有結婚進行曲。」（900 — 8）「沒有人為我流淚，沒有結婚進行曲。就這樣的在我痛苦萬分之際把我帶走......沒有我愛的人哀悼我的死亡。」（963 — 9）「我偉大家族中最後的一個，也是最受詛咒的一個，生命未走到盡頭，便要下去了。」（983 — 4）這番人在臨終前的遺憾和自哀，我們當然理解，加以她身為一個古代女性——此所以古希臘人稱未婚而逝的女子為嫁給了冥神，在她們墳前放置結婚用的器皿[4]。但這怎樣說也與開始時她對死者／死亡的「一往情深」大有出人。是否她現在不想死了？這是因為她現在想與未婚夫希門結婚了？還是因為克里昂在頒布禁葬令時，也禁止人為波尼涅西斯哀悼，於是為了徹底對抗克里昂而好好為自己現時與死無異的存在哀悼？或是她只是不想沒有人為她哀悼便淒清的死去，像一頭野獸那樣？但愛她的妹妹呢？愛她的希門呢？他們真的不會哀悼她嗎？還是這只不過是她的估計而已？

而且，當歌舞隊聽到她把自己的死亡方式跟神妮歐碧相比，便安慰她，說她的命運像神那樣時，她竟認為他們在譏諷她。（妮歐碧因為自詡比阿波羅和黛安娜的母親樂朵生下了更多勇敢和美麗的子女，便遭到悲慘的懲罰：不止她的子女全被前二者射殺，她自己亦因傷心過度而變成一塊石頭，日夜流淚。）她現在不想跟神相提並論了？因為神也擺脫不了苦難，而且是無窮無盡的苦難？她甚至半質疑她一直奉為圭臬的神聖，半懷疑自己的信念起來。「究竟。

4　Reinhardt, K. (1979). *Sophocles*. New York: Barnes and Noble. P. 80.

我所逾越的神聖律法，是怎樣的一條律法？」（1013）[5]「敬神如斯的我，竟被當作不敬神！」（1016）她現在似乎承認自己逾越了神聖的律法，卻沒法子明白何以如此及它的道理是甚麼。究竟神聖的意旨是甚麼？究竟她是對還是錯？若是對的話，何以神要讓她受苦？「好吧，若這是神喜歡幹的事，我受難之時，自會知道我是錯的。但若是這些人錯的話，他們便該受到不多於他們施加我身上的痛苦。」（1017－20）對錯是否與禍福必然存在着某種因果的關係——因為犯錯，人才會受苦？遭受苦難，便表示人錯了？到底，人如何才知道自己是對的？人能否在行動之前便知道？若不能的話，那麼在行動之後呢？到時便能分曉，一如末日審判？人又能夠理解默默無言的神多少呢？就憑人的理解力？因為神律與人間法同一？

　　另一個值得注意的地方是安蒂岡妮對自己的理解。她為自己整個一生作出這樣的一個結論：「我不是為了恨，而是為了愛的結合而生——這是我的本性。」（590－1）但就妹妹所見証的克里昂之子希門與她的愛情來看（643），她的表現與她對自己的定性或界定並不相符。希門知悉她被判死刑後，便費盡心思全力營救，甚至不惜與父親反目成仇。但面對二個同樣那麼暴烈，同樣把自己的生命都整個押上去的人，他回天乏術。所以當看見安蒂岡妮自殺時，他痛不欲生，只好陪她一同死去。但她在全劇，竟隻字沒提到他這個未婚夫。她當然不知道他為了她而對父親説出：「但她的死亡會害死另一個人。」（843）「你永遠不會再見到我了。」（856－

5　這句詩的翻譯，稍為不同 Fagles（「究竟，我逾越了偉大的神的甚麼律？」），所根據的是 Oudemans and Lardinois 的分析和英譯，見 *Oudemans*, T. C. W. and Lardinois, A. P. M. H. (1987). *Tragic Ambiguity: Anthropology, Philosophy and Sophocles' Antigone*. Leiden: E. J. Brill. P. 192.

7）然而，何以她在赴石窟前對自己一生的回顧及與生命告別的重要時刻中，竟沒有想到希門，也沒向他告別？——她沒有任何話要對他說？怎樣說，這也是奇怪、不合情理的。難道，她根本便不愛希門？她的心靈早已為家人所佔滿而忘卻或容不下半點私人的愛情？她的愛的結合只限於與家人的結合？但是，當妹妹這個她世上唯一的親人不肯與她一起葬波尼涅斯時，她便馬上變得冷酷無情，多番以對待克里昂一樣的充滿仇恨的言辭來回應妹妹的善意，（98 — 101，108 — 110）以至在事發後，當克里昂要把她們二人處死時，她沒抗議她的死刑或為她求情赦免，也不准她陪她受死。難道，她的愛的結合只限於死去的家人？以至她的愛不帶半點生機？這是因為她太愛、太過忠於她的父親伊狄帕斯？

　　然而，怎麼她又忽然怨恨克里昂奪去她婚姻和生兒育女的歡愉，以及更為奇怪地說「我親愛的兄弟，你的婚姻毀了我的」（956 — 7）和「始終是個異鄉人！世上沒有，地下也沒有，與生者或死者，我都沒有家」呢？（940 — 2）是不是她現在終於醒覺到她為了死去的家人所付出的代價實在太大？或是在甘願為家族犧牲個人之餘，不免對自己的愛情和幸福的失去感到遺憾？甚或對造成自己的巨大不幸的伊狄帕斯——他亦是她的兄弟，他的婚姻令她成為孽種——多少有些怨恨？因為醒覺到家人始終無法取代自我？她必須走出老家才可擁有自己——人必須走出人的自然源頭才可成就自己？還是她現在明白到無論是為人或為己，以及對家人的愛或對別人的愛，對自己與生俱來的老家或由婚嫁而來的新家，她都一樣無望、無法實現，因為她的出身根本不可能帶給她一個幸福的家？然而，她不是在決定為波尼涅西斯舉葬之時，甚至更早以前，當她陪

伴父親流浪異鄉之時，便應意識到她自己不容於社會的可怕身分，而且當時人相信罪孽的污染會代代遺傳下去——她的婚姻是無望的了？

或者，「我不是為了恨，而是為了愛的結合而生——這是我的本性」這句話，只是指她的本意，只是她為自己的一生定下的美好的願望，一如伊狄帕斯那樣。然而，情感這回事，又有多少是由人自己主宰？受制於人的理性？愛所渴求的結合又有多少是顧及對象是甚麼和以怎樣的方式來結合呢？情感本身不是本來便飄忽不定、變幻無常和糾纏不清——尤其是發生在她這個逾越文明社會至為重視的人獸之別、倫理規範的人身上？或者，這句話其實是她所沒意識到的生命激情的說明——愛恨便是她看待世界的方式，因為二者是她所能理解世界的範疇，因為她只擁有這二種其實無法完全分開的情感？此所以，她的生命力異常驚人？但也所以，她對待妹妹的態度，不止時愛時恨，而且因此而一再誤會了她？

妹妹認為她的行動是不可能的事，而她竟做到，而且做了二次。士兵對安蒂岡尼先後二次埋葬波尼涅西斯的報告，都那麼令人難以置信。這在不喜神跡的介入，而寧可人與神保持一定距離的索氏作品中尤其特別[6]。她第一次埋葬的報告，已很神奇和富於象徵性。「地面的泥土乾硬完好，絲毫沒有翻過的痕跡，也沒有輪車的痕跡。那人沒有遺下任何的痕跡。我們是在太陽升起時發現的。這完全是個奇蹟。我們全都嚇呆了……看不見屍體了，不是被埋葬，而是被蓋上一層薄薄的泥土。」（282 － 90）所以連歌舞隊也以為是神作的。士兵的第二個報告更是詭秘，也因而更富象徵性。「正

6　*Reinhardt*. P. 75.

午的時候，當太陽像火那樣炙着。突然颳起一陣狂風，地上的泥土直捲上天，樹葉四散，天空頓時黯然無光。我們都不敢張開眼睛，只默默忍受着神的鞭笞。待了很久，沙暴終於過去，我們便看見這女子。她像一頭發現巢中的雛兒全不知所蹤的鳥那樣在哭叫。她看見屍體露了出來便啕嚎起來。詛咒那些把泥土移去的人。然後，她為屍體重新撒上泥土，並高高的舉起銅壺，向死者奠酒三次。我們便衝前一把逮住了她。」（461－81）

泥土本身便在當時具宗教上的意義，因為撒土是人對路上碰見的屍體作出的禮儀——讓死者得到安息，以免自己受到污染。但在這裏值得注意的地方是，它（沙暴）是安蒂岡妮舉行葬禮的引子。它的特殊象徵性在於：本來是屬於地上的東西，現在卻走了上天空。以至不單止日夜，就連天地的分別也被模糊了。類似的情況在劇中另一個片段亦有出現：暴風把本來在海底深處的黑泥翻上海面。（661－4）歌舞隊說這是神的力量的表現。而歌舞隊曾以「狂暴的風」形容過安蒂岡妮。難道她的舉動真的獲得神的允許？或是更重要地她根本便具備了神（奇）的屬性？而既然神聖的東西是這樣的驚人，簡直可置人於死地，她的驚人的表現和毀滅的特性，莫非不過是她神聖的表現而已？

其次是禽獸的譬喻。鳥的哀號固然表示安蒂岡妮與家人的骨肉之情，但也指出人的自然獸性的存在。鳥在這裏，還有另外的一重意義。牠是神意的一個表徵，所以先知求神問卜時，除了會看帶肉的腿骨能否燃燒起來之外，更會注意鳥是祥和還是煩燥不安，然後作出詮釋。此也所以，劇中的先知向克里昂警告災禍即將降臨時，提到：「我從鳥翼的振動中，聽見了古怪難明的聲音。一種野蠻、

顛狂的叫聲……翅膀嗡嗡作響的是殺機。」（1105 — 10）鳥是天地人神之間的中介，而不只是禽獸而已——若安蒂岡妮是鳥的話。她便不只是人而已——她已打破了人神以及人禽的區別。但她真的如此？何以如此？而更根本的問題是，難道人、動物和神三者並非完全不同的類別，存在着三種不同的本質。而是相生相連、有所重疊的東西，即簡單地說，人是二者的混合體而非單純或統一的「人」？甚至構成「人」的兩股根本力量便是動物性和神性？所以，人既可變得完全獸性，亦可變得完全神性？既可成為至惡，亦可成為至善——善與惡都屬於人？

　　安蒂岡妮被克里昂活埋於城邦外面荒野的石窟。何以是石窟這樣的一個介乎天地的空間？何以是這樣一個至為渺無人煙、孤寂荒涼的地方——一個像她之前與伊狄帕斯一起痛苦流浪多年的地方？因為她違抗他而埋葬兄弟波尼涅西斯的屍體，亦位於這樣的一個地方？更可疑的是，何以克里昂把他頒布禁令時所指明的懲罰由被投石至死改為活埋？因為這個人不止不服從他，也不止斗膽公然挑戰他法令的合法性，而且更是一名女子——一種當時根本便沒有政治參與權的人？還是因為她不是別人而是安蒂岡妮這個污染／受污染者？

　　安蒂岡妮一直稱她要去的石窟為墓穴、新房和家。但至最後，她在它們後面，加上了「牢籠」這個屬性（939，978）。這些完全不同的範疇，竟然同屬一個地方？這些把人生各端、各個頂點都聚合在一起的地方，究竟是一個甚麼地方？怎麼樣的一個地方？這些完全不同的文化符號竟然相疊在一起，究竟又說明了人生的甚麼

道理？首先，無疑對她而言，它是同一的時空。她因家族——因安葬波尼涅西斯——給他一個死後的家——而入獄坐牢。而這牢籠亦是未婚的她與冥神的新房。而死亡同時是她與家人團聚的途徑。其次，這同一的時空其實也是希門的墓穴（他在此吻劍自殺）、新房（他倆終於結合）、家（他為此而與父親反目而與她成家）和牢籠（她的入獄也是他的入獄）。還有，新房這樣的一個地方，她曾形容為「纏繞着的恐怖和憂愁」（952）。這固然可指她的兄弟波尼涅西斯因婚姻關係而得到一支由外邦組成的叛軍，因為若他不是由此而幹出了叛國的事，克里昂也未必那麼冷酷無情的對待她？但更正確地說應指伊狄帕斯與母親的新房——他們的亂倫結合導致整個家族的污染和接踵而來的苦難。「牢籠」所指的，莫非便是這個大有問題的家族？

她被關進石窟後便自殺，以致克里昂在聽到先知的可怕預言後趕往釋放她時，遲了一步。她的自殺導致希門及他母親的自殺，所以她的自殺是克里昂的災難的直接原因，也可謂對他的所作所為的否定，並且是以一個完全符合當時流行的以牙還牙的報應的方式來否定。但她何以馬上自殺？是否不想自己死於克里昂所設計的方式——不想連死亡也不受自己控制？是否因為我們前面提到她因神無視她的痛苦而懷疑自己做錯了？或是因為她對神聖的意義感到絕望得無法活下去？或是因為她明白到她的家族、她的「過去」，其實同時是她的牢籠，毀滅了她的「將來」？還是，她從行動開始便一心求死？然而，在當時人心目中，自殺這舉動與他殺無多大分別，都屬嚴重罪行，都令家族蒙羞玷污——她現在不顧家族的聲譽了？拋開了家族的枷鎖了？

　　她的自殺和石窟還有二個值得注意的地方。第一個是她自殺於石窟的隱蔽處，希門也自殺於此。難道石窟幽深處便是人的生死、終始和苦樂相結合的地方？難道人的生與死、終與始、和苦與樂都是相連重疊在一起的？難道生命的一切最終都可從一端走向、返回另一端？而這便是生命至隱蔽、至黑暗之處？便是連人自己也不認識及無法認識自身生命之處？這樣說來，莫非她對父親——兄長其實亦是愛恨交纏而非純然單純的愛？

　　第二個是希門與她的「不可能」、不可思議的結合。「他身體湧出一股血，紅紅的灑在她蒼白的臉上，他們重疊的軀體躺在那裏……。」（1366－9）這二人的新房，實在是「纏繞着的恐佈和憂愁」——「憂愁」，因為他們的結合實在苦不堪言。年青的希門的自殺無疑是受到同樣年青的她的自殺的召喚——一股血，其實先從她的身體湧往他的身體。也許，應該說，血很早以前已一點一滴的從一顆心流到另一顆——他從一開始便知她為伊狄帕斯的孽種，但他就是愛上了她。不單如此，他還在這時空刺殺父親，對比於他勸告父親時的冷靜的策略性理性（他一開始便說：「父親，我是你的兒子，……我服從你，沒有任何婚姻能比得上你對我的重要性……」（709－11）），他可謂完全失常——他的激情完全衝破他保持得很好的理性，而且爆發得如此暴烈，把他從一個孝子變為逆子。而一直以法律理性和公眾利益為重的克里昂，也在這裏哀求兒子離開石窟。難道這石窟的隱蔽處，這人的隱蔽處，原來是人的激情，生命自身的混沌一片？難道激情便是知識之光所照耀不到的地方，知識之光的盡頭，以及人的理性始終無法馴服或壓抑的本來獸性？而它至黑暗、至猛烈、至驚人的力量便是毀滅？

安蒂岡妮的妹妹不是早說過她：「何以走上極端？你是瘋了」（80－1）、「你這是愛上沒可能的事」（104）、「瘋狂、不理性的你」（115）。代表城邦的長者的歌舞隊不單止沒有反對克里昂的決定，而且還責備她：「你走得太遠了，走到膽量的盡頭」（943）、「狂暴的風、瘋狂的激情」（1022）。難道安蒂岡妮真的並不代表與克里昂為之對立的純粹的善？難道她所代表的家庭倫理真的存在問題？但難道安蒂岡妮不值得人們寄予無限的同情？難道一切都是她瘋狂的激情所造成──她自作自受？那麼，她瘋狂的激情又源自哪裏？源自年青人的反叛性格而已？克里昂曾說她不同她的妹妹，因為她「出世便瘋了」（634），何以他這樣說？

安蒂岡妮之所以瘋狂，就是因為她是伊狄帕斯的女兒及妹妹這樣的一個不可能的身分？所以她不該存在世上？但是，對於人的血緣關係這個人的第一個身分，人是沒有選擇的。於是，她的隨血緣關係而來的埋葬兄弟的義務，也是沒有選擇的了？她的瘋狂的行動真的是身不由己的？她要不便做一個忠於家庭倫理的孝女但背叛城邦的罪人？要不便做一個家庭倫理的罪人？但我們從克里昂與希門的對話得知城邦十分重視家庭倫理。所以這樣的一個罪人亦是城邦的罪人。其實無論如何，她早已成為城邦的污染者，早已不屬於社會文明的一部份，早已不是一個正常的人的了。她跟伊狄帕斯一樣，都是一個不可思議的人物，既十分偉大也十分可怕。伊狄帕斯既是解救人民的英雄。也是帶給人民災難的國王。而她為了照顧和保護年老又雙目失明的父親──兄弟，而陪着他一同長期接受異常的懲罰，清楚見出她的生命力之強大，尤其是她只是一個年輕的女

子。但是過早的體驗到過多的生命的艱難和痛苦——她自己的及伊狄帕斯的，會否早已把她的生命力扭曲變形，激化至可怕的地步，以至只能以毀滅的方式終結？歌舞隊曾經指出：「宙斯，你的永恆法則為：沒有過度偉大的人，能免於毀滅。」（686－9）這便是神聖的「本質」，便是天地萬物的神秘的「本質」？但這樣的生命的「本質」，人又能夠及應該如何掌握呢？難怪安蒂岡妮最後發覺自己完全不明白神聖之道，並因此而感到沮喪絕望。而這個問題便是古希臘悲劇最深刻的一個地方及給予哲學家最大的一個啟示？

安蒂岡妮：不可思議的生與死

〔摘要〕

　　本文集中討論索福克利斯的悲劇《安蒂岡妮》其中兩幕戲。安蒂岡妮違抗國王克里昂的禁令而擅自把兄弟埋葬。她扮演了當時男性及女性在這事情上的雙重角色。而葬禮舉行了兩次，充滿神聖的象徵意味，連歌舞隊也懷疑這是神的意旨。克里昂要慢慢折磨她，於是判處她活埋於荒野的石窟內。她走進石窟後立即自殺，同一時候，克里昂可是正前去釋放她。究竟她何以那末急於自我毀滅？殺死她的究竟是她自己？克里昂？還是她的父親——兄弟伊狄帕斯？

　　文末則討論海德格對她提出的回歸存有路上的迷失論。

　　伊狄帕斯自我放逐後，兒子波尼涅西斯因與兄弟伊忒俄克利斯爭奪王位，率領外邦的軍隊進犯自己的城邦，最後雙雙戰死沙場。新國王克里昂給予後者愛國者的崇高葬禮，但禁止任何人埋葬及哀悼前者，他要讓他暴屍荒野，任由鳥獸撕吃，違令者一律判處死刑。《安蒂岡妮》一劇便是環繞他們那個一直照顧伊狄帕斯至死的姊妹安蒂岡妮違反這二個禁令，而開展出幕幕慷慨激昂的場面。本文主要討論她冒死為兄弟舉行葬禮，以及她本人自殺於被判處活埋的石窟內這二幕關係微妙的戲，詳細分析其中多重的意義，希望藉以探討這人物一些不可思議之處。她異常的行動可謂與她異常的出身大有關連，因為她乃伊狄帕斯弒父後與母亂倫結合的孽種。她的家族

顯赫又罪孽深重，厄運不絕，而她似乎想憑個人的力量來清洗家族的罪名。她最後悲憤莫名的自殺舉動，不止與之前的葬禮首尾相連，而且進一步揭示出她生命中內外交識成的激情：她體內的自然力量猛烈得足以把她以及她的愛人與仇人都焚燒起來，成為一團團火焰。

安蒂岡妮的妹妹伊斯米妮不敢跟她一起埋葬兄弟，還說她是個愛上不可能的事的人（104），那便讓我們先看看她不可能的葬禮。「正午的時候，當太陽像火那樣炙着。突然颳起一陣狂風，地上的泥土直捲上天，樹葉四散，天空頓時黯然無光。我們都不敢張開眼睛，只默默忍受着神的鞭笞。待了很久，沙暴終於過去，我們便看見這女子。她像一頭發現巢中雛兒全不知所蹤的鳥那樣在哭叫。她看見屍體露了出來便哽嚕起來，詛咒那些把泥土移去的人。然後，她為屍體重新撒上泥土，並高高的舉起銅壺，向死者奠酒三次。」（461 — 80）[1] 她為波尼涅西斯舉行的這個葬禮一點也不尋常，不止因為事前妹妹便説是不可能做到的事而她卻先後舉行了二次，還其實與劇中許多有關她的重要環節都緊扣在一起，值得細加注意。第一，士兵是在她第二次行動時才看見她的具體表現，而她在儀式中的哽嚕似乎特別觸目[2]。或許，原因不過是她發覺先前撒下的泥

---

1 括號內的數字為索福克利斯《安蒂岡妮》一劇最新英譯本的行數。下同。Sophocles(1984). *The Three Theban Plays: Antigone, Oedipus the King, Oedipus at Colonus*. Trans. R. Fagles. Intro. And notes B. Knox. Harmondsworth, Middlesex: Penguin. 中譯則為筆者。讀者可參考羅念生《安提戈涅》的譯本，收於《悲劇二種》，一九六一年，北京：人民文學出版社。
2 Reinhardt 認為重複的葬禮是為了突顯克里昂剛擊退外敵和取得王位，尚未知國內還有沒有敵對勢力，因而以為是政治陰謀這錯誤的判斷。這見解無疑有一定的説服力，因為他是以國舅的特殊身份來繼位——他不知道朝中其他大臣是否真的支持他當上國王。但若焦點是落在安蒂岡妮身上的話，重複的非法葬禮無疑更能表現這人物的越界「本質」，或視死如歸的個性。*Reinhardt*, K. (1979). Sophocles. Oxford: Basil Blackwell. 頁七十三。

土不見了，屍體又再像野獸一樣暴露出來而悲痛不已。或許，原因只是她為了對抗克里昂完全壓抑人性的禁止哀悼令，而自覺或不自覺地作出的強烈反應。但或許這還是作者有意藉此引起觀眾對克里昂這法令的反思，因為雖然傳統習俗不許叛國或殺害親人者得到安葬，但似乎並沒有禁止哀悼他們。然而，波尼涅西斯這二條當時被視為最嚴重的罪行皆犯下，所以是否應加倍懲罰來表示他罪大惡極呢？無論如何，對安蒂岡妮而言，這條禁令便明顯是針對她女性家屬的身分，可謂對她的雙重否定。她不是一早便對妹妹說過克里昂的法令是專為她們二人而設的嗎？（37 — 8）她後來不也清楚表明自己為父親、母親及伊忒俄克利斯都一一盡了女性家屬對死者的義務嗎？（989 — 91）[3] 還有，她對波尼涅西斯的哀悼，不難令人聯想起她後來在死前為自己所作的哀悼。無論屬主體或客體，她似乎都格外重視親人的哀悼——她在自哀時便訴說沒有人為她哭泣流淚，特別是「沒有我所愛的人哀悼我的逝亡」。（963 — 9）克里昂則正好相反，他嫌她的自哀過長、過多。而催促士兵押她往石窟。（969 — 71）他巴不得她馬上在世上消失。

第二，她其實不止不守法，還打破了當時男女性在葬禮上所扮演的既定角色。按照傳統風俗，女性所應做的是為死者潔身、敷油、穿壽衣和哭喪，而且都應在家中進行，因為她們在哭喪時會出現搥頭槌胸的瘋狂舉動[4]。（此所以，克里昂妻子在得悉兒子希門

3　在作者卅多年後發表的《伊狄帕斯在科羅納斯》中，她沒有埋葬伊狄帕斯，因為他是自行走往安息之所，然後便消失於空氣中。又，在該劇中，波尼涅西斯聽到父親的詛咒後，懇求安蒂岡妮料理他的身後事。

4　Padel, R. (1992). *In and Out of the Mind: Greek Images of the Tragic Self*. Princeton, New Jersey: Princeton University Press, p. 120; Rehm, R. (1994). *Marriage to Death*. Princeton, New Jersey: Princeton University Press, p. 22; Foley, H. 'Tragedy and Democratic Ideology: The Case of Sophocles 'Antigone' in Goff, B. (Ed.) (1995). *History, Tragedy, Theory*. Austin: University of Texas. P. 133. (Suggest keeping it consistent!)

的死訊後，便走回內室。此所以，她之後的寂靜無聲，令到外面的人感到不祥。（1381 ─ 3）至於最後的入土，則是男性的權利，因為墓前的公眾儀式莊嚴肅穆，需要克制個人的悲傷。所以她的舉動──在外哭喪和在墓前奠酒──實逾越或混淆了當時男女性的範疇和身分。然而，我們應注意，問題是除了那個同時是她舅父的克里昂，她家中現已沒有男性，她也沒有固定的居所。換言之，她要麼便服從克里昂的禁葬和禁哀悼令，而公私的儀式都不履行，要麼便公私的儀式都由她來履行。這教她怎樣選擇才好？──無論她怎樣選擇，她都不可能符合社會對女性的規範的了。當然，她根本便認為死者都是一樣的（584），而不理會波尼涅西斯生前的所作所為，即不理會傳統習俗對叛國或殺害親人者的禁葬懲罰，所以便作出了公私兩方面的儀式。雖然作者可能考慮到波尼涅西斯這個人的問題而巧妙地以象徵手法來處理安蒂岡妮的葬禮──只是為他留在地面上的屍體撒上一層薄薄的泥土（即使是克里昂後來為他舉行的葬禮也並不完整）。但若我們把她後來與克里昂激烈辯論禁令的合法性一事以及她所舉行的葬禮放在一起來看的話：她所扮演的雙重角色便十分明顯。但她這種越軌放肆行為卻嚴重刺傷了克里昂男性統治者及家長的尊嚴。「我有生之日，沒有女人可騎在我的頭上。」（592 ─ 3）他寧可敗於男性手中，也絕不可輸給女性。（758 ─ 61）他曾別有用意的向兒子訓示過：「女性給人的溫暖和強烈的歡愉，轉瞬便全在你臂彎中冷卻。」（724 ─ 5）他認定女性為男性的「剋星」（729）[5]。

---

[5] Segal 認為女性的哀號為本劇的主題，並說「他 [克里昂] 的失敗部份原因是他鄙視葬禮尤其是鄙視女性對死者的哀號。」Segal, C. (1995). *Sophocles' Tragic World*. Cambridge, Mass: Harvard University Press. P. 135-6; 126-7.

第三，她的葬禮還有另外一重深層意義——沙暴和母鳥的象徵意義。先說沙暴。這是她舉行葬禮的引子，其特殊象徵性在於：本來屬於地上的東西，現在卻上了天空，以至連日夜的分別也變得模糊。其實類似的情況在劇中另一片段亦有出現：暴風把本來深藏於海底的黑泥翻上海面，歌舞隊指這是神的力量的表現。（657—64）而他們曾以「狂暴的風」形容過安蒂岡妮。（1022）難道她的舉動真的獲得神的允許？或是更重要地，她根本便具備了神（奇）的屬性？作者在她第一次埋葬時，已對此有所暗示：「地面的泥土乾硬完好，絲毫沒有翻過的痕跡，也沒有輪車的痕跡。那人沒有遺下任何的痕跡。我們[士兵]是在太陽升起時發現的。這完全是個奇蹟！」（282—7）。其次是母鳥的象徵。它的哀號清楚表明安蒂岡妮與家人的骨肉親情，或更準確地說她的母性——她在劇中便一再以「我的血、我的肉」（1，573）來指稱她的兄弟及妹妹[6]。這跟她以「我母親的兒子」來指稱波尼涅西斯及伊狄帕斯一樣（521，953)，都頗為奇怪——她似乎把自己與她形容為「劫數難逃」的母親（953）認同起來。我們還應指出鳥在這個劇的特殊意義——牠是神意的一個表徵。先知求神問卜時，除了會看帶肉的腿骨能否燃燒起來之外，更會注意鳥是祥和還是煩燥不安，然後作出詮釋。此所以，劇中的先知向克里昂警告災禍即將降臨時說：「我從鳥翼的振動之中，聽見了古怪難明的聲音，一種野蠻、顛狂的叫聲……翅膀嗡嗡作響的是殺機。」（1105—10）鳥是天地人神之間的中介，而不只是禽獸而已。所以若安蒂岡妮是鳥的話，她便不只是人而

6　兄弟，她是真的失去，但妹妹卻是被她當作失去而已。她的骨肉親情實在奇怪——她可以無視波尼涅西斯的所作所為，但不可以不計較妹妹拒絕跟她一起行動，還因此而把她痛恨至仇人的程度。

已——她已打破了人神及人禽之間的區別，或以現代的説法，她是一個神性和獸性的混合體。

在古希臘社會。男女性問題特別與人存活空間的問題相關連——女性一生只能走動於丈夫或父親的屋內，外面屬於男性的世界，所以她的越界活動首先便不尋常。她先從城邦自行走到野外，然後從外面返回城邦（本劇開始時），最後她死於城邦外面的石窟。她重複地打破內外的界線，這相比於她在曠野跟野獸沒多少分別的流浪，大概算不了甚麼，但對城邦而言，她卻是一個危險人物，因為她完全無視城邦所重視的人獸或文明與野蠻之別。另外，有趣的是，波尼涅西斯亦是類似地由城邦走到外邦，然後回來，最後死在城門外面。不過，二者之間存在着重要的分別：她三次越界事件都是出於對家人的愛。第一次是為了父親——兄長，第二和第三次是為了兄弟。而波尼涅西斯的越界則因為家人之間的仇恨。第一次是被兄弟逼走他鄉，第二次是因此而反攻自己的城邦，第三次是戰死於沙[7]。當然，對我們而言：她這個死法，益發襯托出她的非人的特質：她飄泊遊離於生死邊緣的旅程開始，終於走到同樣模稜兩可的終站。這個終站、這個「歸宿」，孤寂荒涼、渺無人煙（870 — 1），較諸她之前與伊狄帕斯一起生活城邦外面的那種地方、那個「家」，還要獨特，因為它還介乎天地之間，這實在與波尼涅西斯沒有葬禮而不得入土安息的境況，可説異曲同工。而克里昂把她活埋石窟之內，而不是他原先頒佈禁令時所定的刑罰投石至死[8]，相信除了他

---

[7] 若就他們兄弟而言，與這互為呼應的則是二人之間顛倒的分合關係。他們雖然同一父母所生，卻互相爭鬥而不是相親相愛：他們雖然是二個人，卻同時死亡，而且死於同一的方式：他們雖然不應成為仇人而成為了仇人，但他們的下場卻一模一樣，而且死於對方手中——不應結合而結合了。

[8] 雖然由石頭得由人民來投擲，有論者便認為改判是因為他害怕這裁決得不到人民的支持而無法執行，但直至先知提出警告之前，由城邦長老扮演而身份獨立的歌舞隊一點也沒有表示異議。所以此説不足為信。

所表明的防止本人及城邦污染而留給她少量食物的原因之外（874、975），亦與她身為女性而僭越了前面提到的男性文化特權，大有關係。

此外，我們也不應忽視二人那場唇槍舌劍之爭，作者花了相當筆墨描繪。一如安蒂岡妮，克里昂認為自己全對而對方全錯，因為在他心目中，伊忒俄克利斯為國捐軀，所以應得到國家英雄的葬禮，而波尼涅西斯則背叛國家，因為他竟反叛自己的城邦，要焚毀祖國，屠殺同胞（225－6），而且叛軍是由妻子的外邦所組成。所以他豈能如安蒂岡妮所言死了便跟伊忒俄克利斯一樣，都應予以下葬。（584）還有，她引以為據的神，竟然是專為冤死者昭雪的復仇女神（501－2），並否定他得到眾神之王宙斯的支持。（499－500）在他心目中，宙斯只是城邦和皇室的守護神（141－6），而不可能是她心目中的家族和血緣關係的守護神[9]。或者，單單是身為女性而敢公然跟國王對質，便夠令他憤怒的了。所以，在克里昂跟兒子希門為了她而反目成仇後，歌舞隊問他準備給她一個怎樣的死法，他便狠狠的說：「讓她向她那個崇拜的神祈求，是冥神罷，把她拯救出來。或雖然為時已晚，但她終於明白崇拜冥神是枉費心機的。」（875－8）他之所以改判她活埋石窟，最終的原因應當是要她在慢慢餓死或窒息之前，知道她藉以對抗他的神，不是子虛烏有便是她的信念有錯。他不止要她死，更要她知道自己是錯的而他是對的——他要毀滅她頑強的鬥志。他當然料不到或不在乎她進石窟後便馬上自殺，他更加料不到自己會親自前去釋放她，而且心

9　當士兵報告完安蒂岡妮的第一次葬禮，歌舞隊禁不住問這會否是神的所為，克里昂聽見後勃然大怒，罵他們老糊塗，「神豈會理會這樣的一個屍體？……你們何曾見過神表揚叛國者？簡直痴人夢話！」（319－27）他還以宙斯的名義恐嚇那個士兵，說若他捉不到違令的人，便把他問吊。（345－50）

191

情是一反之前的那麼忐忑不安。

安蒂岡妮自殺一幕，無論就整個劇的結構或她這一角色而言，都非常重要。值得我們詳加討論。首先是它與希門及克里昂的關係。「他〔希門〕身體湧出一股血，紅紅的灑在她蒼白的臉上，他們重疊的軀體躺在那裏……」（1366－9）克里昂不止料不到她自殺，他也料不到自己的兒子希門因她而自殺。其實，希門當面對他說過「她的死亡會害死另一個人」（843）及「你永遠不會再見到我了」（856－7），只是他聽若罔聞罷了。希門的自殺無疑是受到同樣年青的她的血的召喚，準確地說，血很早以前已一點一滴的從一顆心流到另一顆——他從一開始便知她是伊狄帕斯的孽種，但他就是愛上了她。他倆的結合可謂苦不堪言[10]，就像她指父母的新房為「纏繞着的恐怖」那樣。（952）同樣值得注意的是，希門的自殺導致母親的自殺，而令克里昂落得跟安蒂岡妮一樣的家破人亡，而且他之喪失妻兒，恰恰跟她之未婚而逝對應。她的滅亡是必須而且及時的，否則他這個主人便不會遭受跟他施加於她身上的痛苦相若的懲罰，而她的悲劇意義亦因此而大打折扣。質言之，若她不死，二人便成不了真正的悲劇角色。作者藉「失明」先知及克里昂妻子二人之口所表達的批判態度是毋容置疑的：前者對他所作所為的判詞是：「你擲給了地下的世界一個屬於世上的人，那麼殘酷地把一個活人塞進墓裏。又奪去屬於地下的神的東西，把屍體留在陽光普照的大地上。」（1185－90）而後者一直都無聲無息，但

10　齊克果對此有非常獨到的看法。他認為安蒂岡妮一早便知悉伊狄帕斯身世之謎，但她為了愛他而緊守這個連他本人也不知道的祕密。但這卻嚴重損害她與希門的愛情，因為她竟要向心愛的人隱瞞真相。然而，她愈是忐忑不安，希門便愈是對她疼愛有加，而這令她苦不堪言，因為她痛心他為愛所折磨。Kierkegaard, S. (1987). *Either/Or*. Ed. and Trans. H.V. Hong and E. H. Hong. New Jersey: Princeton University Press. 卷一，頁一六三至四。

在嚥氣時控訴他為殺害二個兒子的兇手（1430 — 1）[11]。她這個控訴實在是沉重的雙重打擊：因為他曾向兒子誇說：「誰能管理好自己的家，誰便有能力治理國家。」（739 — 40）——他二者究其實無法做到。而另一方面，家與國之間出現的問題，正是安蒂岡妮與他之間的衝突所在。

這一幕劇對人的理性特別是克里昂所代表的那種理性主義，也有所揭示。先知可怕的預言令他害怕起來，於是匆忙離開皇宮，趕往囚禁安蒂岡妮的城外。當他聽到石窟傳出「怪異的呼喊聲」（1333），便不期然驚叫起來。然後惶恐的走進這個他現在感到「最黑暗之路」的石窟。（1337）他看見兒子擁着安蒂岡妮的屍體在哀號，便激動的説：「你做了甚麼？甚麼東西侵襲你？哪種瘋狂[12]……出去吧。兒子，我跪下求你。」（1355 — 7）但他不單沒這樣做，反而一言不發便朝他臉上吐唾液（1359），並拿起劍來刺殺父親，一劍落空後，他隨即把劍插進自己身體。克里昂這新國王一直高舉法律理性及公眾利益，堅持即使親人違法自己也會秉公辦理。但在石窟裏，他的感情終於壓倒或反撲他的理性及父親尊嚴。而本來理性與感性兼備的希門，也在這裏一反他向父親求情赦免安蒂岡妮時所表現的冷靜和理智[13]，而完全失常——他的激情完全摧

11　除了希門，克里昂尚有一個兒子，但他在較早前為了拯救國家而犧牲了自己。
12　上古希臘人相信人之所以忽然發瘋，作出了某些可怕的反常舉動，是因為精靈或惡靈作祟。它們是天命以奧林匹斯眾神為代表而進駐人體內佔領人，可謂害人的具體方式。Winnington-Ingram, R. P. (1980). 'Fate in Sophocles' in Bloom, H. (ed)(1990). *Sophocles*. New York: Chelsea House. P. 130-33. 及 Vernant, J. P. and Vidal-Naquet, P. (1990). *Myth and Tragedy in Ancient Greece*. Trans. J. Lloyd. New York: Zone Books. P. 35-7.
13　他開始時説：「父親，我是你的兒子……我服從你，沒有任何婚姻能比得上你對我那麼重要。」(709-11) 然後提到城中百姓議論紛紛，認為她絕不該被處死 (777-82)，及雖然自己只是年輕人，但還是要説：「當然最理想的是，人生下來便不會犯錯，擁有自然的正確知識。不然，而世事往往不是這樣，還是最好聽取別人的意見。」(806-9) 又，綜觀全劇，似乎是希門及伊斯米妮，而不是「王角」安蒂岡妮及克里昂，才是作者所予以全面肯定的角色。

毀他的理性，令他變成逆子，也令他幹出了自殺的事，一反當時男性（戰士）的典範。在這個位於野外，介乎天地之間的石窟之內。這個安蒂岡妮自殺的石窟「至幽深隱蔽之處」（1345－6），似乎便是理性之光所照耀不到之處，是人自己也不認識，甚或無法認識的生命至黑暗之處，亦是人的理性始終無法馴服或完全壓抑的自然力量或獸性——而它至可怕、至不可思議的力量似乎便是毀滅。

第二，安蒂岡妮在知道自己將被活埋石窟後，便隨即提到妮歐碧這個神、牢籠、自己是異鄉人以及伊狄帕斯與母親的新房數點。這些絕對不是無關宏旨的細節，而是十分重要的敘述。雖然她只是感同身受的慨嘆妮歐碧的「活生生的死亡」（916）和「像她那樣的岩石般的死亡」（924），而沒解釋造成她悲慘下場的原因，但她介紹她為「泰坦勒斯的女兒」（917）。我們知道泰坦勒斯為了試探神的能力而殺掉自己的兒子烹給他們吃，因而他本人及後代都受到神的詛咒，厄運不絕。她可謂因父親狂妄自大而犯下同樣的罪 [14]。其餘數點，可視作這種關係在她本人身上的具體運作。「牢籠」（939）這個給予石窟的屬性應與她接着形容自己為「始終是個異鄉人。世上沒有，地下也沒有，與生者或死者，我都沒有家」（940－2）一起來看，否則後者這個沉重得可以的感慨便顯得莫名奇妙，而且與她之前對死亡的一往情深及向妹妹作出的堅定宣言「我會跟我所愛和愛我的人躺在一起……我寧願取悅死者而不是生者」（87－9）大有出入，甚至自相矛盾，因為她現在似乎對與死去的家人結合這信念有所保留。但「牢籠」其實是個雙關語，也

14　傳說中，妮歐碧現因自詡比阿波羅和黛安娜的母親樂朵生了更多勇敢和美麗的子女，而遭到悲慘的懲罰：不止她的子女全被前二者射殺，她自己亦因傷心過度而變成一塊日夜流淚的石頭。

指伊狄帕斯給她的那個一再帶來悲傷（2）的恐怖家園。她還進一步表明心跡，埋怨兄弟的婚姻害了她的婚姻，把她活生生拖進死亡去。（956－8）一如她現在似有所悟的表示伊狄帕斯為她心中「至苦至悲之處」（947－8），他——這個既是她父親亦是她兄弟的人——的確是帶給她苦難的人。因為若非他與母親的亂倫婚姻，她及她二個兄弟便不會成為孽種，即不該存在卻存在的人，她便不用因兄弟的葬禮而明知故犯國家的死罪，而要嫁給冥神。（907－8）她現在似乎明白到她的父親——兄弟伊狄帕斯雖然偉大，雖然解救過整個城邦：但始終是個弒父娶母的人，而這些罪毋寧與她個人的關係更為密切，所以她是個注定無幸福可言的人——她的血、她的肉始終受到污染，而且嚴重至原生的程度——無論是生前或死後，她都被剝奪幸福的權利，一如克里昂所言。（975－7）或者更令她萬念俱灰的是，儘管她竭力為了抵償伊狄帕斯所犯的異常倫理罪行而作出了異常的倫理德行，一直含辛茹苦地照顧和保護孤獨流浪的父親至死，她的努力終歸徒然。她怎樣也清洗不淨家族的污漬——二個兄弟骨肉相殘便是鐵一般的證據。於是，她決定以毀滅自身的方式來了結這個受詛咒的家族。

第三，相信與這份濃得化不開的無奈、無力感相關連的是，她心目中主持正義的神竟完全無視她的痛苦，沒伸出援手。所以禁不住悲切而淒厲的問：「究竟，我所逾越的神聖之道，是一條怎麼樣的律法[15]？受着這樣的折磨，我為何還要寄望天庭？現在，有誰可呼喚：誰是我知心人？」（1013－5）她不是不信神了，她

15　本句詩的翻譯，根據的是 Oudemans and Lardinois 的分析和英譯，稍為不同 Fagles 的「究竟，我逾越了偉大的神的甚麼律？」Oudemans; T. W .C. and Lardinois, A. P. M. H. (1987). *Tragic Ambiguity: Anthropology, Philosophy and Sophocles' Antigone*. Leiden: E. J. Brill. P. 192.

只是氣憤「我對神的崇敬竟被人當作不敬」（1016），她臨赴石窟前最後的一句話，亦可說是她為自己作出的結論是：「一切都為了敬神，我對神的崇敬！」（1034）她實在不明白何以自己受苦，究竟自己錯在哪裏，竟要受這些不義之徒（1021）、這班這樣的人折磨！（1032－3）她雖然不再像行動開始時那麼完全的自以為是：「這個死亡將是光榮的……奉獻給神」（86－8），但她還是跟其他上古希臘人一樣，認為人之所以受苦，若不是人犯錯而遭受神的懲罰的話，便是神因妒忌而加害人，而她卻無法斷定自己究竟屬於前者還是後者。除了前面提過她相信宙斯只是家族和血緣關係而不是城邦和皇室的守護神外，她更以為為死去的家人舉葬這義務源遠流長，因而是至神聖不可侵犯的「律法」，克里昂給予凡人的「法令」豈能跟它相提並論。（503－8）可是，她同時知道她整個家族都因伊狄帕斯而受到宙斯的詛咒。（2－4）但她個人要負上的責任呢？從她一再強調自己遵奉神明來看，她無疑覺得自己並沒有做錯甚麼，所以她一方面深深感到自己為克里昂所逼害，另一方面在苦困不解神聖的意義之餘，責怪這是神的惡作劇：「好吧，若這是神喜歡的玩意，我受難之時，自會知道我是錯的。但若是這些人錯的話，他們便該受到不多於他們施加我身上的痛苦。」（1017－20）[16] 她覺得自己滿肚子冤屈，實在死得不明不白。（然而，不得不提，若我們抽離開安蒂岡妮本人的角色來看她的神聖及宙斯的概念，我們便會發現她這方面的理解存在以偏概全的問題，一如她的家庭倫理概念。其實，作者對安蒂岡妮這角色的態度，雖然十分同情，但還是有所保留的。這不止從他有所暗示的使用「我對神的崇

---

16 「以牙還牙、血債血償」為當時民間流行的報復觀念。Goldhill, S. (1986). *Reading Greek Tragedy*. Cambridge: University of Cambridge. P. 38.

敬」可領悟得到，還清楚見於他安排跟她對比的妹妹，以及半超然的歌舞隊的角色。後者在這一幕的前後便評論她：「你自己的盲目意志毀了你」（962），「依然狂野的激情」（1022）。）

雖然上述二個原因可說已令她痛苦絕望得不欲生存下去，但何以她進石窟之後，不待食物吃完便馬上自殺？誠然，人被關進這樣「黑暗」的地方裏，準以為自己已走到生命的盡頭，生或死已無甚分別了（就感官而言，「事實」如此），而且她在進石窟前其實已為自己的死亡舉行哀悼，她是準備就緒的了。但或者，她這個舉動背後還有連她自己也未必知道的動機。一直都在否定她的克里昂分明是要折磨她，把她活生生餓死，這個意思她當然清楚不過——因為連其他人都感到她這個死法實在殘酷。（778）或者，她正是不想自己死於這個「原始」（938）兇手所精心設計的方式而自殺，因為自行了斷無疑是她在這情形下能戰勝他以及保持個人尊嚴（她的個人價值）的唯一辦法——她在叫妹妹跟她一起埋葬兄弟時便說過：「你即將顯示你究竟配不配得上你的血統，還是儘管身上流着皇族的血，但是個懦夫。」（44－6）我們或可進一步推論，儘管不及伊狄帕斯那麼強烈，但從她在全劇不斷重複使用「我／我的」來看，她還是具有相當的自我意識[17]——她實在不想自己連死亡這最後的行動，也像她整個生命那樣充滿無可奈何的悲哀。自我毀滅，可謂她這個既異常激情，又始終自認神聖的女子最憤懣、最狂喜的自我肯定。於是她親手揭開面紗，把它扣成一個環，然後把頭伸進去吊死自己。（1347－48）然而，尋找自我不止痛苦，還可

17　不少學者指出悲劇盛行的五世紀希臘為新舊交替的時代，見証着某種自我意識的抬頭。Snell, B. (1953) *The Discovery of the Mind*. Cambridge, Mass: Harvard University Press; Vernant, and Vidal-Naquet; 及 Goldhill.

能是相當危險的一回事——任何的自我肯定不也在一定程度上同時
是誤認自己嗎？一如當時刻在特爾斐阿波羅廟門上的明訓「認識自
己」所指：任何的自以為是都屬狂妄自大，都逾越了人之為人的界
限[18]。歸根究柢，無論自己是可知還是不可知，它大於及先於「自
我」。所以若把「自我」等同自己，就犯上以偏概全的謬誤。

　　海德格以本劇歌舞隊進場後第一闋歌（「致人類之禮贊」）的
涵義來討論安蒂岡妮。他認為她之死說明了人在回歸存有（生命
「本質」）時，必然誤入歧途，流落異鄉，一如真理的歷史性顯現
同時是對真理自身的遮蔽。因為歸根究柢，人自身之內的他者，即
佔有人的精靈或盲目激情，而不是外在世界的甚麼，才是人最大的
敵人，才是人最需要正視而往往忽視的東西。而這便是人生命最
不可思議之處——生命深處巨大無比又恐怖莫名的驚人力量[19]。首
先，安蒂岡妮的生與死問題，無疑是擺在她面前的切身問題，一如
她兄弟的葬禮問題，而她似乎真的如海德格所言在尋覓生命的歸
宿時，有所失誤。她的精靈當然不是酒神戴歐尼修斯——她一句也
沒提到他，但他卻是佔本劇歌舞隊詠唱最多篇幅的一個神。我們知
道酒神這個最年青的神與希臘諸神最大的分別，在於他雖然經歷過
痛苦的死亡，但死而復生，這是關於他的由來傳說紛紜中的共通
點[20]。歌舞隊獻給他整個第五闋歌，其第一行意味深長的指出，他

18　*Oudemans and Lardinois*. P. 86.
19　Heidegger, M. (1996). *Holderlin's Hymn 'The Ister'*. Trans. W. McNeill and J. Davis. Bloomington and Indianapolis: Indiana University Press. P. 54-115. 雖然海德格在這裏沒有說明，但這種生命不可思議的力量，上古希臘人已有所悟，他們指它為人神之上詭祕莫測的宇宙本質，並稱之為天命。他們並沒意識到它其實同時源自人本身。
20　歌舞隊所介紹的宙斯與底比斯公主之子是一說。宙斯深愛他的母親，她央求一見宙斯的本相。他身為雷電神，知道凡見過他的人都活不成，但他已答應了她這個請求，不得不兌現自己的諾言。於是，他痛苦和身不由己地顯現自己。她被他的雷電擊中而燃燒起來，他唯有在火焰之中把酒神從她肚裏搶救出來，縫在自己大腿內側，繼續孕育他，然後交給水仙們撫養長大。另一說他年幼時遭邪惡的泰坦族殺

擁有千百個名稱（1239），因為轉換自己的身分及令人變成另一個、另一種人是他的專長——他神聖也可怕的生命力的表徵[21]。他的信徒主要是婦女，她們在祭祀他時，走到深山野嶺，燃點火炬，把黑夜變為白畫。（1249－57）女性較接近酒神[22]，但這並不等於說她們較男性為神聖，而毋寧意謂她們身上保留較多的自然屬性，而後者所蘊藏的驚人力量既神聖亦獸性。她們在夜間沒有睡覺，而是猶如在白天那樣甦醒，走到原始而神秘的大自然，接受它的感召、它的激發，然後瘋狂而神聖地、忘形忘我地歌舞。她們完全擺脫了白天時城邦所指定給她們的家庭身分和角色，走進另一個國度，發現和體驗她們自身所隱藏的潛能。一如酒神，她們在這時空泯滅了人神之間的界線。至於被形容為狂野而神聖的火焰（1064），在歌舞隊的進場曲便被用作波尼涅西斯攻擊底比斯的意象（137、148），但它同時是宙斯為守護底比斯而擊退敵人的手段。（141－7）酒神確如火焰，他是創造及滅亡的力量，是城邦秩序和文明的締造者及破壞者。安蒂岡妮只經驗到存在的痛苦而沒明白到它不可思議的提昇轉化作用。她這個伊狄帕斯的女兒急於掌握生命的「真諦」，她生命的激情燃燒得太猛太兇了，以至一下子把能量消耗淨盡，未能走到人「不可能」的極限——如伊狄帕斯那樣大可一死了之而沒這樣做，而是自盲雙目，然後還要求自我放逐，可謂毅然走進另一種「黑暗」的自我否定之境。她以為家族或自然的血緣關係便是生

害，並撕成一塊塊吞進肚裏，只剩下他的心。宙斯就是由此而救活了他。Hamilton, E. (1969). *Mythology*. Boston: Little, Brown and Co.

21　相信最令人印象深刻的一次，便是他對表兄弟潘修斯這個底比斯國王的懲罰。他不相信面前瘋子般的人是神，還要把他關進監牢。於是酒神便顯示自己：先誘使他把自己裝扮成女子，然後把他的母親及在場的婦女都弄成瘋子，以為潘修斯是一頭野獸，而異常勇敢地衝過去把他撕成一塊塊。他母親還是帶頭的一個。參尤里比德斯《酒神的伴侶》。

22　*Vernant and Vidal-Naquet. P. 41.*

命的一切，以為她的「過去」摧毀了她所有的「將來」，以為老家便是她所能擁有的唯一的家。她竟只愛滅亡而不愛再生，竟喪失了再生之念。她一方面那麼重視她生命的本源，但另一方面卻忘記自己的生育能力——忘記了愛她的希門（一如忘記了妹妹），忘記了自己的婚姻，忘記了她可由此而令自己及家族重生[23]。

其次，必須聲明，我們無意說安蒂岡妮本人一點責任也不用負上——她「怯懦」的妹妹便是一個很好的對照，然而海德格似乎忽視克里昂這個人的存在其實構成了她的具體世界十分重要的一部份，一如她的父親及二個兄弟的存在。她似乎真的不是自己行動的源頭[24]——假若他沒有發出這樣的一個禁制令及判處她這樣的一個刑罰的話，她的激情未必會爆發得如此瘋狂，她未必會走上這條不歸路。究竟「外在」還是「內在」因素，才是她死亡的主要因素？還是，二者根本已混為一體而無法分清楚？同樣地，她的自殺，既屬主動也屬被動。不過，話說回來，她確實如海德格所言並不認識自身之內的他者，而且她這個他者非常奇特，完全是個異端，因為它由伊狄帕斯種下，是他與母親異常的愛的遺傳，但無疑亦是她自己對二人的悲苦深感同情所灌溉出來的果實。清楚地說，就是因為她身不由己的血緣身分——人存在的第一個身分——實在異常得很，以及她後來為了照顧年老又雙目失明的父親——兄弟，而陪他一起長期受着非人折磨的成長過程，她內心的情感世界早已變得不可思議——她對家族的愛早已變得非常奇特。她根本難以遵守當時城邦所推崇的中庸、節制之道，因為她並不屬於自己——她被她過

23　當時社會有一習俗：若父親無男丁繼後，女兒婚後的兒子便得過繼給父親。女兒的兒子再不屬於自己的父親，因為他已成為外祖父家產的唯一繼承人。Vernant, J.P. (1983). Myth and Thought among the Greeks. London: RKP. P. 143-44.
24　Vernant and Vidal-Naquet. P. 46.

於偉大而受詛咒的家族血統所支配，被身上流竄得過急、過熱的血所支配，也因為這金科玉律從來沒施加於她本人身上，亦不見諸她身邊的親人身上 [25]。

25　本文謹獻給一個生活於苦寒異地，但一直為了自己的理想而在近乎完全無助的情況下努力掙扎於生死邊緣的好友。雖然她的身體或許負荷不了她稱不上甚麼野心的志願，但我還是希望她讀完之後能增加一點力量，把體內的潛能燃燒得光亮一些。我這幾句話聽來有點前後自相矛盾。因為我相信——而信念似乎是必須的——自我重生，一如自我超越，還是人有可能做而且應該做的一回事。

克里昂與安蒂岡妮的國與家
——概念的內在問題

1. 導言

　　黑格爾對古希臘索福克利斯《安蒂岡妮》一劇推崇備至，認為它簡直是悲劇的絕對典範。有論者更認為他的哲學思想頗受這劇的影響，可謂《精神現象學》這部描述意識如何在否定和否定的否定中發展成為自我意識的著作背後的劇本。他直接和間接地發表過很多關於這劇的見解，但其中一點似有前後矛盾之嫌。他在《精神現象學》間接地指克里昂犯了「把個人意志變成法律的暴君式褻瀆或罪」，但在《宗教哲學》又明確地指他不是暴君和不是錯的，因為他代表最高道德力量之一的國家權力或國法。他像跟他對立的安蒂岡妮一樣，只是犯了以偏概全的問題，因而變得不公正——否定她所代表的家庭權利或親情。真正的公正或絕對權利要求二者結合，即應同等承認二者的價值。因此二人最後以滅亡告終，在同樣的痛苦之中得到代表絕對或必然性的命運的平等對待。這樣的結果對黑格爾來說，毋寧揭示出絕對真理的完整性。[1] 他的評論改變了一直以來對安蒂岡妮一面倒的支持，而開啟了對克里昂的新一輪討論，這大概是他對這個劇最重要的貢獻之一。然而，黑格爾似乎過於着眼克里昂與安蒂岡妮二人（公眾與私人、國家與個人）之間的對立關係，而忽略了二人本身的問題——他們分別對「國」和「家」所

---

[1]　參 Steiner 的撮要。STEINER, G. 1984. *Antigones*. Oxford: Oxford University Press. 頁 19-40。

持的概念其實都存在不少內在問題，因為他們都十分自我中心，以至他們的「國」與「家」就是自相矛盾、自欺欺人，便是片面或是殘缺不全的。本文便是針對二人這內在問題，以及克里昂對「國」和「家」關係的理解而作出分析，希望能對黑格爾所忽略的「小」問題稍為補充說明一二，並藉以質疑二人之間的問題可否歸結為單純的國與家之間的矛盾。

2. 安蒂岡妮家庭倫理的內在問題

安蒂岡妮的家庭或親情概念的內在問題，在於她認為家人應緊密團結至思想和行動都一致或同一的程度，而且更重要的是與她本人同一，即以她的觀點和判斷為準則，否則便被她視作家族的仇人，逐出家門。這從全劇第一個片段——她與妹妹伊絲米妮商量埋葬兄弟波尼涅西斯的對話——便清楚看出來。她在開始時是這樣說的：「我的血肉，親愛的妹妹，親愛的伊絲米妮」（1）[2]，而且——再以「我們」或「我倆」來指自己和妹妹。她想妹妹與她「分擔工作」（50），一起違令埋葬兄弟（52－3）。但當妹妹不同意：「我們兩個那麼孤單，請想想我們會怎樣死去——我們必須理智——這件事我們必須屈服，還有更惡劣的事在後頭」（70－7），她便馬上對她說：「即使你回心轉意，我也不會歡迎你與我一起行動。隨你喜歡，你喜歡怎樣便怎樣，我會自己埋葬他。」（82－5）伊絲

2　括號內的數字為索福克利斯《安蒂岡妮》一劇最新英譯本的行數。下同。SOPHOCLES. 1982. *The Three Theban Plays: Antigone, Oedipus the King, Oedipus at Colonus*. Trans. R. Fagles. Intro. B. Knox. Harmondsworth, Middlesex: Penguin. 中譯則為筆者。讀者可參考羅念生的譯本，收於《悲劇二種》，1961，北京：人民文學出版社。但這譯本的行碼欠準。

米妮勸阻不了她，於是只好提醒她要秘密行事，並表明自己會守口如瓶，她竟這樣回應她：「告訴全世界罷——你愈守秘我便愈恨你。」（100－1）她現在視她為仇人，以至她愈是否定她的計劃——「你這是愛上不可能的事——這是無望的舉動」（104－7），她便愈加痛恨她——「而死者的憤恨也定必日夜追隨你。」（109－10）她竟開始詛咒她世上唯一的至親。

她被守衛當場逮捕後，國王克里昂懷疑伊絲米妮是同謀，於是傳令她前來審問。她來到殿上已哭成淚人，而一看見安蒂岡妮，便立即向克里昂承認自己有份參與，並願意分擔後果。但安蒂岡妮嚴正地拒絕她一起受罰、「一起侍奉死者」（615）的懇求。不單如此，她還冤枉她是個光說不做的人，只在乎克里昂而不是她（619），以及貪生怕死，只想活着，而她則想死去——二人屬於完全不同世界的人（628）。她或者因妹妹現在願與她團結一致而怨恨稍消了一些，但始終誤會了她，認為她不與她一同行動便等於背叛她或她們的家族。伊絲米妮沒計較這些剛烈又涼薄的言辭，反而盡最後努力為姊姊求情。她對克里昂說：當一個人遭受到太長久的殘酷，自然會失常起來（636－7），以及安蒂岡妮是他的未來媳婦，請不要奪去自己兒子的新娘。可是他回應說「死亡會替我拆散他們的婚姻」（648）——他不惜破壞自己兒子的愛情與婚姻也要殺死安蒂岡妮。

安蒂岡妮一早便對妹妹表明自己不惜犧牲性命也要埋葬兄弟。她絕對的悌道與對死亡的看法，以及痛苦得生不如死的生活體驗有關，她對二者分別這樣解釋過。前者：「這個死亡十分光榮，我會躺在我愛和愛我的人身旁——我寧願取悅死者而不是這裏的生者。」

（86 — 9）後者：「若我提前死去，我認為是一大益處。世上誰像我活於這麼悲慘之中，會不視死亡為一大報酬？」（515 — 8），以及「很久以前，我便獻身給死亡，為了侍奉死者。」（630 — 1）她最後對自己的悌道作出這樣的一個原則性結論：「假若我是孩子的母親或丈夫死了，屍體暴露和腐朽了，我絕不會接受這痛苦考驗——丈夫死去，還可能再找一個，而失去第一個孩子，我可再生一個。但父母親都過身了，便不可能再有兄弟。就是為了這一條律法，我給你 [波尼涅西斯] 最高榮譽。為了這一條，皇上克里昂判我為罪人——我親愛的兄弟！」（996 — 1007） 這確實是非常費解和獨特的觀點，[3] 我們只能憑藉她本人的說話以及上文下理而嘗試作出推斷。首先，她這番話不是說給生者而是死者波尼涅西斯聽的，而且大概知道自己馬上便要受刑，所以這時她可能已激動至半瘋狂狀態而說出這莫名奇妙的話。但她也可能是完全清醒的。若是這樣的話，按照上面我們剛引過她的說話，她根本從來便不抱或不敢抱結婚生子的願望——她清楚知道自己完全不同其他女性，無法享受到一般女性的正常權利。即使希門不顧一切的愛她（而她也愛他），她也知道幸福並不屬於她這種備受詛咒的人（3 — 5）。換言之，擁有丈夫和孩子的可能性似乎不過是她拿來襯托再擁有兄弟的絕對不可能性而已。況且，一如親人相殘，婚姻可謂她家族罪孽

3　由於這數行似乎推翻安蒂岡妮之前家族至上的看法，以及波尼涅西斯經已死去而不是仍然在生，所以好些專家認為文本這裡出現問題。大文豪哥德甚至懷疑它們是偽作。見 KNOX, B. 1964. *The Heroic Temper*. Berkeley: University of California. 頁 104; ﹐Introduction to Antigone﹒ in SOPHOCLES. 1982: 46。但亦有專家持相反意見，因為為兄弟而犧牲自己，完全可像為丈夫或孩子而犧牲自己那樣稱得上神聖。例如，德國著名索福克利斯專家 REINHARDT, K. 1979. *Sophocles*. New York: Barnes and Nobles. 頁 83. 但最權威的意見大概是在索福克利斯死後不到一世紀便討論這數行的亞里士多德。他雖然覺得它們有點與她性格不合，但並沒懷疑它們的真偽性。見 KNOX 1982: 47。

的一大癥結——伊狄帕斯和波尼涅西斯的婚姻都導致災禍。她之前曾形容前者為「纏繞着的恐怖」（952），而後者就是由妻子城邦的軍隊組成叛軍。所謂結婚生子的可能性，不過是她明知無望或自行否定而說的意氣話。然而，我們必須注意，在當時那麼重男輕女的社會來說，她自己的兒子或丈夫始終不可與她的兄弟在伊狄帕斯家族的地位相提並論，後者才算作伊狄帕斯的真正血脈。所以她想說的或者其實是波尼涅西斯始終是她偉大父親的後裔，值得她為了他而犧牲自己，她的丈夫或兒子都不值得她這樣做。同時，既然她已照顧伊狄帕斯至死，已為父母親以及另一兄弟盡了生者對死者的責任（989－91），所以她侍奉波尼涅西斯之後，便完滿地結束自己對家族的一切責任，甚至可說償還了自己不該存在而竟然存在的債。然而，問題是何以她心中只有死者而沒有生者，只有家族的過去而沒有它的將來？——何以不學習伊絲米妮的能屈能伸或希門提醒他父親的「不低頭便斷頭」（850）的道理？她以為妹妹配不上家族的偉大，儘管身上流着皇族的血（45）——她以為退讓便是怯懦，不行動便沒有自我？儘管男女地位不同，但她怎麼忽略自己的生育責任，自己可以為這個偉大家族的延續而作出一點貢獻——她怎樣說身上還是流着伊狄帕斯的血。她似乎死意已決而把希門的愛拋諸腦後。

更嚴重的問題是，她這個原則性結論反映出她倫理概念的片面性，因為她歸為一類的孩子和丈夫其實有一大不同之處，前者與母親有血緣關係而後者與妻子沒有。她既然那麼重視骨肉親情，她便不應眼見自己孩子的屍體受侵害而不顧。在正常的倫理中，母親的責任至少該與妹妹對兄長的責任同等重要，若不是更重要的話。但

她竟然認為自己可忽略前者而在任何情況下都不可忽略後者。更奇怪的是，她曾形容自己違法的行為：「但若我容許我母親的兒子暴屍和腐朽，那才痛苦！」（520－2）她母親的兒子怎麼與她自己的兒子的權利有着天淵之別（除非後者是她清醒的虛構）？她似乎太忠於父母親，太忠於自己與生俱來即沒有選擇可言的那個家了。

　　同樣值得注意是另一問題：她堅持兩個兄弟沒有分別，因為無論他們生時作過甚麼，死後應得到同一禮儀（584－7），因為作為死者，他們應一同回歸地府，返回同一的父母親身旁（575），而不應因沒下葬而飄零於生死二界之間。[4]因此她不同意克里昂把二兄弟劃分為愛國英雄與叛國賊兩種對立的身分，而給予截然不同的對待。她固然不理會兩兄弟為了爭奪王位而發動戰爭，帶給自己的國家和人民災難，以及波尼渥西斯的屍體其實同時令城邦玷污而受害。但她忘記了她所崇敬的宙斯同時是國家（141－6），而不止是家族和親屬（545, 736）的保護者。她只考慮自己的親人，只考慮親人之間的責任。但是這兩兄弟還自相殘殺——還犯下了殺害親兄弟的罪！伊絲米妮、歌舞隊和克里昂都指出他們這條罪行（68－9, 160－3, 190－1），唯獨她一人沒有。她怎麼無視他們二人手上染滿親人的鮮血？他們二人不是完全違背了她所重視的親情和家族聲譽嗎？至於她所強調古老得從時間一開始便已存在的地下正義女神，即復仇三女神，她們最感憤怒的其中一項罪正是兄弟之間的仇殺。所以雖然他們現在都死了，但他們當不會如她反駁克里昂時所說的那樣：地府認為他（波尼渥西斯）純潔無瑕（587）。（這並不等於說他便應暴屍城外。）這也就是說，根據傳統觀念，血緣關

4　KNOX 1964: 92。

係既是人最重要的關係，但同時這方面的罪行亦是最不可饒恕的。親情或家庭倫理價值並不是指導我們行動的唯一原則，我們至少還要看行動對象的所作所為，他／她對其他人究竟幹了甚麼，他／她在其他身分方面（例如公民）表現如何。安蒂岡妮重視她的血緣關係至絕對的程度，實在過於簡化。在同一作者後來的《伊狄帕斯在科羅納斯》，伊狄帕斯便因波尼涅西斯求他支持他與兄弟爭位，而痛心疾首詛咒他不得好死。這事似乎足以表明安蒂岡妮不應絕對化血緣關係。這樣看來，歌舞隊的意見是有道理的：「你自己的律法」（912），「你自己的盲目意志，你自己的激情毀了你。」（952）

最後，關於安蒂岡妮的核心問題，我們單從她對伊絲米妮和希門這兩個世上的親人的指涉便清楚見出——「沒有朋友的哀悼」（938）、「沒有我愛的人哀悼我」（969）、「家族中最後、最受盡凌辱的一個」（983）和「被我愛的人遺棄」（1011）。妹妹伊絲米妮當然愛她和沒有遺棄她，不然她便不會事前加以勸阻，事後又義無反顧地要求分擔刑罰。然而，由於她拒絕與她一同行動，她似乎被她憤而逐出了家門——安蒂岡妮便是這樣「成為」家族中最後的一員。至於她的未婚夫希門，他當然也沒有遺棄她，他甚至為了她而與父親交惡。他最後在石窟內哀悼她，然後陪她一同死去，而且同樣以自殺這不英雄的方式死去。這些事情她當然並不知道，但是他沒有像伊絲米妮那樣與她生前反目，可她在赴石窟受死之前，卻隻字也沒有提起過他，即使在說到婚姻的時候，這實在奇怪得很。或者，她已被自己的妹妹「弄至」不再寄望或信賴任何人。或者，她以為他也是像伊絲米妮那種「貪生怕死」的人，甚至害怕克里昂至不敢哀悼她的程度。但她誤會了兩人了——她實在不懂兩

人對她的愛有多深。或者,她所愛的人最終只是她死去的親人,甚至或只愛死亡——死後與他們團聚。不防一提,雖然她説自己「生來與人相愛而不相恨,這是我的本性」(590-1),但是我們在前面她與妹妹的對話發覺她的愛被她的自我中心扭曲至變幻無常的地步。其實,她的「本性」——她的父母親的愛根本便大有問題,而她正是他們在無意識(而且伊狄帕斯更是違背原來意圖)的情況下亂倫的產物。

3. 克里昂國家與法律概念的內在問題

克里昂一出場對歌舞隊所發表的那番言論,是在國家剛經歷完浩劫之後,而且是以新國王的身分説出的。這是他重點之一「國家是我們安全所在」(21)的背景。這話無疑有一定道理,因為若國家戰敗的話,人民便會被屠殺或淪為奴隸。[5] 還有,在太平的日子,國家為個人的人身安全以及權利提供保障,令人民能安居樂業。然而他只説了一半,他忽略了國與家微妙關係的另一半,因為若沒有家的話,國亦無從建立起來,特別是家為國提供了軍隊的來源,所以國有賴家的存在和血緣的繁衍。其實,從他的實際行為以及與兒子希門的對話之中,我們看到他的國家與法律概念存在着嚴重的內在問題。首先,他以叛國賊的理由而禁止波尼涅西斯的屍體下葬,讓它被鳥獸破壞作為懲罰。他以為他這樣做是對的,所以當歌舞隊懷疑為波尼涅西斯舉行神秘葬禮的是神,他一聽見便勃然大怒,罵他們老糊塗。他以為神只會同意他的禁葬令而不會「祝賀叛國賊」

5　KNOX 1964: 85。又,在《亞格曼儂》一劇中,不止特洛伊被戰勝國希臘屠城,特洛伊公主和女先知卡珊特拉更被帶往希臘作奴隸。

（327）。他也以為自己對付違反禁令的安蒂岡妮的手法不會污染國家（872－4）或自己（975）：給她少量食物，然後活埋於石窟內。但後來先知清楚表明他錯了，即自欺欺人而已，因為他既不應把屬於陽間的人推落陰間，也不應奪去屬於地府的東西而強留屍體在世上。他前後兩件事都做錯，而且錯在顛倒了二人所屬的世界——他真的符合了歌舞隊說的「以惡為善、以善為惡」（697）這種神先令人盲目，然後予以毀滅的方式。現在波尼涅西斯的屍體已造成了污染（1124－6），同時神已派出復仇女神來懲罰他。即是說，這個口口聲聲國家至上的人竟然無知地損害了國家的利益，以至國家現在變成了人民的危機，而他本人亦由於是國王而成為了國家的敵人。

其實，在古希臘社會，背叛國家和殺害親人是最嚴重的兩條罪行，所以這兩種人一般受到不許安葬的懲罰。然而，他們的屍體不是被投落大海，便是被棄於偏遠的山谷或深淵，[6]而不是像波尼涅西斯現在那樣，留在他攻城時戰死的城門外面。屍體這麼接近城邦當然會玷污城邦以及進出城門的人。這或者便是何以歌舞隊雖然沒有反對他的禁葬令，但似乎態度上有些少保留：「若這是你喜歡的話……我想你是有權下令執行的」（236－8）。同時，克里昂之所以那麼殘酷地對待波尼涅西斯——禁葬之餘，還要禁哀——的原因之一，相信與他兩罪皆犯下大有關連。

克里昂對安蒂岡妮的判決比他的禁葬令問題更大，更暴露出他對法律的隨意態度（我們稍後便看他禁哀的問題）。他頒佈禁令時，本來指明違令者的懲罰為石頭刑，但是在與希門會面和反目後，竟

<hr>

6 FOLEY, H. 'Tragedy and Democratic Ideology: The Case of Sophocles' Antigone' in GOFF, B. (ed). 1995. *History, Tragedy, Theory*. Austin: University of Texas. 頁133。

要當場處決安蒂岡妮，要她死於公然頂撞他的兒子眼前。希門怒氣沖沖離開皇宮後，他又改為活埋這更為殘酷的刑罰。最後，在先知發出可怕的預言後，他再改為把她釋放，以免自己遭殃。他彷彿在處理一件私事而不是國事，而法律彷彿純屬他個人意志或利益的表達，所以可隨他的意志、利益甚至情緒的改變而改變。他的法律的原則性何在？難怪安蒂岡妮以天理和傳統性來質疑他的新法。其實，他恐嚇要吊死看守屍體的守衛一事，也多少看到他對法律的隨意態度。他只是懷疑他被人收買而沒真憑實據證明這是一宗陰謀，但他竟這樣便決定除非他交出違令者，否則便取他性命。關於放棄石頭刑一事，很可能這是因為他害怕刑罰無法執行，因為希門告訴他人民並非如他所想像那樣同意他處罰安蒂岡妮，相反地，他們認為她不止不該死，還值得表揚才對（777 — 82），而石頭刑的石頭需由人民來投擲。所以他為免自己的地位因第一道法令的挫敗而遭受挑戰，而改判她另一死法，一種不用由人民親自執行，即民主地表決的死法。他以為自己便是國家、法律和人民──誰不服從他或他的法令，誰便背叛了國家。所以安蒂岡妮現在也像波尼涅西斯一樣，成為了罪大惡極的國賊（819）；而她活埋的石窟亦是類似他的介乎陰陽二界中間的地方。

在《宗教哲學》一書中，黑格爾不同意安蒂岡妮對克里昂的「暴君」指責。然而，不單止人民認為她不該慘死（778），先知也指證他對待她手法過於殘酷（1187），以及直接了當地說他是暴君（1172）。至於波尼涅西斯，他不准人哀悼他，還要他的屍體成為鳥獸的食糧，「成為公民觀看的污穢景象」（231）。他對待屍體的手法更勝過野獸，因為它們只懂為了充飢而互相吞噬，它們不

懂得以此為手段來達到統治或其他的目的。對於這些殘暴的法令，作者借歌舞隊著名的「人類讚禮」清楚予以譴責：若把法律與神的公正編織在一起的話，人類便興盛。但若擁抱不人道（即獸性）的話，人類則衰亡（409 — 15）。神的代言人先知似乎特別不滿克里昂對波尼涅西斯的懲罰，他意味深長地直指他這是再殺死死者一次（1139 — 40）。

4. 克里昂與「家」和女性之間的矛盾

克里昂喜歡把人二元對立，然後予以看待（愛國／叛國、朋友／敵人、男人／女人、成人／青年、統治者／被統治者等），這是這個事事講求原則性的人的具體表現之一。前面提過的「國家是我們安全所在」，以及我們現在要討論的他與家之間的關係也是。但一如他的法律，他的原則存在嚴重問題：不是自相矛盾，便是被他自己的實際行動所出賣，難怪希門說他的判斷根本「既空洞又糊塗」（845）。首先，希門在安蒂岡妮被捕後前來見他，他叫兒子愛他和服從他，並重申「誰能齊家，誰便能治國」（739 — 40）這流行諺語。[7] 但他剛才面對安蒂岡妮時不是否定她的家庭倫理嗎？更諷刺的是，他不止不能使兒子聽從他的教誨，還與他反目成仇，互相對罵起來（兒子後來在石窟之內更要刺殺他）。希門為未婚妻安蒂岡妮的死而自殺後，皇后也活不去而在家中祭壇以十分相似的方式自殺。她臨終時控訴丈夫克里昂為殺死兩個兒子的凶手（1431）。

7　當時人認為一個壞父親不可能好好領導國家，而一個在私事方面卑劣的人不可能公正地處理公事。參 HALL, E. 'The Sociology of Athenian Tragedy' in EASTERLING, P.E. (ed). 1997. *The Cambridge Companion to Greek Tragedy*. Cambridge: Cambridge University Press. 頁 104。

（長子為了國家勝利而犧牲於波尼涅西斯進犯前後。）即是說，他最終不止得不到家人的愛或尊敬，更成為了他們痛恨的人。他以為自己是個成功的家長，還希望以此來建立國王的威信，至少在代表城邦長老的歌舞隊面前證明自己的管治能力，可是他只顯示了相反的一面。事實上，他的父子之道已被功利主義所扭曲——他不止以為兒子應「事事服從父親」，還以為盡孝的兒子是「用來對付父親的敵人」，而不孝的兒子則「令父親成為敵人嘲笑的對象」，「令父親吃盡苦頭」（714—22）。他的自我中心、自以為是只有比安蒂岡妮過之而無不及。

其實，他在治國方面的才能，同樣非常不善。除他所頒佈那兩道命令之外，他先誤以為波尼涅西斯的神秘葬禮是敵對勢力的陰謀政變，而守衛是被這些人收買了（328—35），然後誤以為這不是安蒂岡妮的單獨行動而伊絲米妮是她的同黨。他又誤以為前來告誡他的先知是斂財的小人。他真如一直幫助城邦的老先知所批評的一個「病入膏肓」的君主（1168）。年輕的希門勸他不要一意孤行，不要以為「全世界都錯，只有自己才對」（790）的說話，他固然聽不入耳，但就連暗示希門的話有道理的歌舞隊，也被他冷言相向：「這便是說我們這把年紀的人，仍要聽這黃毛小子訓示和教誨？」（812—4）守衛地位雖然低微，但他的結論一點也沒錯：「真可怕啊，一個作出裁決的人全判斷錯誤。」（366—7）我們不應忘記，「除非某人顯示真面目，統治人民和訂定法律，否則你們不能夠真正認識他的性格、原則和判斷力」（194—7）這原則是他親口說出的——他實在沒自知之明。

克里昂雖然在一方面肯定管治家庭對統治者的重要性，甚或以

為治家與治國本質上沒有分別，但在另一方面，他卻否定家庭以及代表家庭的女性的價值和意義。他的禁葬和禁哀令尤其否定女性對死去的親人所應履行的責任，以及女性所代表的情感世界。[8] 他不讓波尼涅西斯得到死者應有的禮儀，便是不讓他死後進入地府與家人團聚。地下的家與地上的家同為家族的一部份，同是女性所應守護的對象。這是安蒂岡妮那麼執着於波尼涅西斯的葬禮的原因之一。在當時社會，哀悼死者的重要性並不下於舉葬——尤其對女性來説，因為葬禮可説只有一半屬於女性，在公眾地方所舉行的下葬儀式便沒有女性的一份，因為當時人認為女性家屬悲傷時的表現諸如扯髮、搥胸甚至自傷身體，破壞了葬禮的莊嚴肅穆氣氛。[9] 在家中嚎哭哀悼可説是女性的專利。所以，現在沒有家的安蒂岡妮明知危險也在戶外嚎哭哀悼波尼涅西斯。這也所以她那麼重視有沒有人為她哀悼，以及臨被押解往石窟前為自己高唱哀歌。禁止人哀悼波尼涅西斯的克里昂當然也禁止她自哀（970 — 1）——他不耐煩至説出這樣的話：「你這是浪費時間，你會為此付出代價。」（1024）

或者，由於她先前與他在宮廷那番唇槍舌劍令他十分反感，所以他明知她是希門的愛人也要處死她，還對希門説千萬不要為女性而失去理智，女性的柔情和歡愉轉眼即逝（723 — 6）。他固然對女性的情感一點也不重視，但準確地説，他對任何私人情感都不重視，包括希門的在內。然而，他後來的痛苦可説便是私人情感力量

<hr>

8　Regal 認為女性的哀號可謂本劇的主題。他直指「他 [克里昂] 失敗的部份原因是他鄙視葬禮，尤其是鄙視女性對死者的哀號。」本文沒有討論安蒂岡妮兩次違令埋葬波尼涅西斯，但她第二次這樣做時，她的嚎哭似特別觸目：「她像一頭發現巢中雛兒全不知所蹤的鳥那樣在尖叫。」（471 — 3）SEGAL, C. 1995. *Sophocles' Tragic World*. Cambridge, Mass.: Harvard University Press. 頁 135 — 6；126 — 7。
9　FOLEY. 1995:133; REHM, R. 1994. Marriage to Death. Princeton, New Jersey: Princeton University Press. 頁 22；PADEL, R. 1922. *In and Out of the Mind: Greek Images of the Tragic Self*. Princeton, New Jersey: Princeton University Press. 頁 120。

所造成——希門因失去愛人而殉情，以及妻子因失去愛子而自殺。他低估了情感的價值，因而最後付上了沉重的代價。不妨一提，他似乎連自己的情感都忽略或壓抑住了。希門與他大吵至奪門而去後，旁觀的歌舞隊擔心他不知會作出甚麼傻事，但他卻毫不在乎，還說這兒子不要也罷（864）。然而，後來當他前往釋放安蒂岡妮時，他一聽到兒子從石窟傳出的啕嚎，便不期然慘叫一聲，並說自己現在正走在最幽森可怕的路上（1334－7）。入到石窟後，看見兒子擁着安蒂岡妮的屍體痛哭，他先發出低沉的嗚咽，然後高聲呼喊：「出去吧，兒子。我跪下求你！」（1357）最後，正當他在責備自己和哀悼兒子的時候，接到妻子的死訊，他說自己的心現在全碎了（1421）。他被「國家」、「法律」或直接點說權力欲所壓抑着的情感世界現在沖破出來了，把他擊倒在地上。[10] 兒子不是告訴過他安蒂岡妮的死會害死另一人（843），只是他誤以為他是在替她恐嚇他而不知他是在預告自己的死亡。

最後，我們必須指出，他之所以當上國王，其實是由於他是伊狄帕斯家族在兄弟自相殘殺後剩下的唯一男性。他自己也懂得說他的權力源自死者的親屬（舅父）這身分（192－3）。可是，他以國家的名義而剝奪波尼涅西斯的葬禮，然後又以法律的名義處死安蒂岡妮。即是說，即使他是對的，他的行為還是有違家庭倫理。他只接受隨親屬身分而來的權利，而拒絕履行隨同一身分而來的責任：主持波尼涅西斯的葬禮以及送安蒂岡妮出嫁和主持她的婚禮。

10　Regal 簡潔有力地指出：「對克里昂來說，石窟象徵着他 [這理性主義者] 所壓抑的一切。幽暗激情的地下貯藏庫，是他與愛（神）和死亡（冥神）單獨會面的地點。他所否定的愛神現在回來且擊潰他——奪去他的兒子，把他交給進入了死者國度的安蒂岡妮。」SEGAL, C. 1981. *Tragedy and Civilization: An Interpretation of Sophocles*. Cambridge, Mass: Harvard University Press. 頁 183。

這樣看來，假若他不是對伊狄帕斯家族懷恨在心——害他姊姊即伊狄帕斯母親／妻子愧而自殺以及自己蒙羞——的話，他便是自相矛盾或雙重標準的人。換言之，無論是就他姊姊的家或自己的家來說，他都犯下失職之罪，都沒有妥善處理親屬之間的關係，以至最終他自己的家隨同伊狄帕斯的家的衰亡而衰亡，一如他造成的污染像伊狄帕斯的污染那樣禍及家族。

5. 兩人至死方休的矛盾

克里昂在聽了歌舞隊而不是先知的忠告後才決定亡羊補牢。他的行動本來有機會令自己避過厄運，可是他既不是如先知也不是如歌舞隊所暗示的先放生者後葬死者（1224 － 5），而是先行糾正自己的第一道命令而火葬波尼涅西斯，然後才趕往偏遠的石窟，因而便遲了一步，但這一步非常重大，關乎他家族的災難。他對即將死去的安蒂岡妮的咒語「因為浪費時間而付出代價」，竟完全應驗在自己身上。但或者他是無論如何也彌補不了自己的過失，因為一如先知指出他犯了顛倒生死二界這大罪，所以現在神懲罰他的方式正好對應於他所犯的罪，使他時序失誤。同樣地，他現在遭受的一切亦完全對應於他對伊狄帕斯家所造成的災難。它「第二次」殺死波尼涅西斯和因此而害安蒂岡妮自殺，所以他的兒子和妻子相繼自殺。而且這二人一如他自己承認，是他間接殺死的（1395、1461；1443、1462），因為他間接殺死了安蒂岡妮。注意：當時人認為殺死自己的兒子為神令人盲目瘋狂的典範，因為自我毀滅的行為，莫過於此。[11] 所以兒子之死對他打擊至大至深。他現在懊悔得想馬上

11 PADEL, R. 1995. *Whom Gods Destroy*. Princeton, New Jersey: Princeton University Press. 頁 207 － 8。

死掉，只是被歌舞隊勸止住，但他的感受「我已死過一次，你竟又
再殺我一次」（1416），或更清楚的「我不是活人，我甚麼也不是了」
（1446）——這種生不如死的感受，大概與安蒂岡妮在暗無天日的
石窟自殺前的感受十分相似。他終於嚐到和明白到他帶給她的痛
苦。他最後叫人把他帶走，使他消失人前的請求（1445、1459），
便是這個希門形容為「荒島的國王」最後的一道命令——對自己作
出的判刑——他要懲罰自己承受他施加她身上的那種懲罰。而這正
是安蒂岡妮對神最後的請求：「假若這些人是錯的，便讓他們遭受
不多於他們所派給我的東西。」（1019 — 20）[12] 波尼涅西斯屍體之
前對城邦造成的污染，終於以至為反諷的方式清洗了，[13] 而安蒂岡
妮與克里昂二人終於在各自帶給對方的苦難以及自我毀滅的行動之
中，平等甚至同一起來。這就是說，黑格爾對二人下場意義的理解
完全無誤。但教人懷疑的是，這二人能否在悲劇發生之前，真的解
決互相之間的矛盾衝突？[14]（寬恕並不屬古希臘人的美德，也不是
他們的神的教誨。）

---

12 「以牙還牙、血債血償」為當時民間流行的報復觀念。GOLDHILL, S. 1986.
Reading Greek Tragedy. Cambridge: Cambridge University Press. 頁 38. 在《亞格曼儂》
中也出現這種報復觀念的情況：亞格曼儂殺女祭祀阿蒂蜜絲，求她息怒而令希臘大
軍得以啟航。他妻子便為愛女之死而在他凱旋歸來後宰殺他。她這行動得到復仇女
神支持而沒受譴責，但她勾結奸夫和殺害國王二事卻不容於法。

13 OUDEMANS, T. C. W. and LARDINOIS, A. P. M. H. 1987. *Tragic Ambiguity:
Anthropology, Philosophy and Sophocles' Antigone*. Leiden: E. J. Brill. 頁 159。

14 關於克里昂與安蒂岡妮二人的矛盾能否如黑格爾所相信或假設那樣辯證地統
一起來，實現於未來或理想的社會，有學者基於二人並不屬於兩種倫理原則而是
兩個完全不同的世界，例如一個以恨、一個以愛為最終價值而互相否定對方所重
視的價值，也有學者認為由於宙斯的法則即宇宙最終的真理根本便十分含糊和吊
詭，非人所能理解而大為質疑。前者可以 Reinhardt 而後者可以 Vernaut 為代表。請
分別參考 REINHARDT. 1979: 77-9 和 VERNANT, J.-P. 'Greek Tragedy: Problems of
Interpretation' in MACKSEY, R. and DONATO, E. (ed.) 1972. *Structuralist Controversy:
The Language of Criticism and the Sciences of Man*. Baltimore: John Hopkins. 頁 280 — 1。

宙斯，阿芙柔黛蒂
與安蒂岡妮的理解力

　　古希臘神話中的神聖不是哲學家柏拉圖心目中的真善美的「理型」，因為它根本便非「清楚明白」的道理，一如前者的精靈不是後者理性、統一的靈魂。神是信仰時代的人既敬且畏的對象，但也是他們安身立命之所在。眾神之王宙斯對他們而言，便既神聖亦可怕，甚至善惡難分，不知是因嫉妒而害人，還是在懲罰世人的不義。所以他們在寄望青天之餘，也在不幸時怨天尤人。悲劇取材自古老神話而加以詮釋，乃公元前五世紀的悲劇思想家藉以反思他們的新時代的媒介。索福克利斯筆下的安蒂岡妮也許不及英雄伊狄帕斯那麼悲壯和典型，但仍能在一定程度上代表介乎信仰與理性時代的五世紀人的思想和情感。本文便以安蒂岡妮的理解力為題，討論她介乎信念與知識、自然意識與自我意識之間的總總思想問題，以及她思想背後的情感因素。又，因篇幅所限，本文無法就歌舞隊這古希臘悲劇的文學特色，詳加討論。但還是必須指出由城邦長老扮演的歌舞隊並不完全等同悲劇作者，而是作者對臺下悲劇觀眾的引導，旨在帶出問題所在，令觀眾反思他們身處的時代。此所以歌舞隊除了直接與劇中主角進行辯論，甚至質疑他們，還不時超然於劇外而對正在上演的劇情作出詮釋。[1] 本文所涉及的宙斯和阿芙柔黛蒂便是他們以詠唱的方式所帶至觀眾面前的二個神。所以，可說是作者

1　Vernant, J.-P. and Vidal-Naquet, P. (1990). *Myth and Tragedy in Ancient Greece*. Trans. J. Lloyd. New York: Zone Books. 頁 24-5；33。

提供給我們的一些線索，藉以理解和反思《安蒂岡妮》一劇的意義。[2]

　　本劇二個主角皆認為自己正確——二人皆以宙斯的名義而分別訂下和犯下人間的法令——而進行了一場激烈的抗爭，最後以「兩敗俱傷」的局面告終。在古希臘神話世界中，神與神之間其實存在着矛盾衝突，經常互相鬥爭，一如人與人之間的關係。[3]更值得注意的是：同一個神身上，竟也存在着相反的特質，這對人對「何謂神聖」的理解，絕對不容忽視。宙斯便是一個很好的例子。他既是「擊潰敵人的神」（159）[4]，及皇室和城邦的守護神（141-6），但也是家庭（545）和血緣關係（736）的守護神，同時最重要的是，還是代表天界和地府的神。[5]最後二者其實存在着根本的矛盾，因為生與死是神與人之間最大的分別，是二個不能逾越的範疇——先知便是指責克里昂「奪去屬於地下的神的東西，把屍體留在世上……你不應管死者的事，天上的神也不應——這暴行你竟強加給天庭。」

2　筆者打算另文討論歌舞隊帶出的另一個神酒神戴歐尼修斯與本劇的關係，特別是有關安蒂岡妮的整個自毀行動，以及生命力與家庭這問題的微妙關係。對克里昂而言，這個神也別具意義——他似乎特別喜歡把國王弄至瘋狂。
又，本文有關古希臘神話和宗教的內容，除特別註明出處的地方，其餘主要參考為：Hamilton, E. (1969). *Mythology*. Boston: Little, Brown and Co。
3　另一悲劇家埃斯庫羅斯《善好者》中的阿波羅與復仇女神的鬥爭，便是繼宙斯與普羅米修斯外，另一有名的例子。正義的復仇女神因奧瑞士忒殺母而一直不放過他，要他償命。但他殺母的行動卻得到阿波羅的大力支持，因為他母親殺了自己的丈夫。
4　括號內的數字為索福克利斯《安蒂岡妮》一劇最新英譯本的行數。下同。Sophocles (1984). *The Three Theban Plays: Antigone, Oedipus the King, Oedipus at Colonus*. Trans. R. Fagles. Intro. and Notes B. Knox. Harmondsworth, Middlesex: Penguin. 中譯則為筆者。讀者可參考羅念生《安提戈涅》的譯本，收於《悲劇二種》，1961年，北京：人民文學出版社。
5　Vernant and Vidal-Naquet. 頁40。我們或可就這點補充一個神話：雖然宙斯把地府交給他的兄弟海地士去管理，但整個宇宙都是屬於他的。所以他可以插手干涉海地士虜走泊瑟芬為妻，要他在一年之中放她回天上數月，與母親穀神狄蜜特重聚，好讓大地重新長出穀物來。

（1188-93）這對宙斯作為神界秩序的最高主持者而言，益發顯出神聖的含糊性。

宙斯的出身及稱王，也是我們不應忽視的。宙斯的父親克羅諾斯為野獸一樣的泰坦神族之王。他害怕他的兒女會像他那樣推翻自己的父親，於是便在他們出生後，一個一個吞進肚裏。宙斯誕生後，他的母親忍無可忍，於是暗中把他收藏起來，而交給丈夫一塊用布裏着的石頭來欺騙他。他吞下後感到不適，並嘔吐起來，於是宙斯的五個哥哥和姊姊才得以逃出生天。他們在母親授計下，把百手怪物從地底釋放出來對付父親，並得到另一也似乎是唯一的善良泰坦神普羅米修斯的協助，打敗兇殘的父親和其他的泰坦神族。宙斯便是在這場慘烈鬥爭之後，成為新一代的奧林匹斯神界的領袖和宇宙的統治者。宙斯可謂有賴詐騙，才得以出生。其次，他雙手可謂染滿親人的鮮血，可同時卻拯救了他哥哥和姊姊們的性命。關於宙斯的人格，還進一步見諸他與普羅米修斯的衝突。普羅米修斯後來因可憐人類的力量卑微而偷了天火送給人類，宙斯對他作出了至為殘酷的懲罰：他把他縛在高加索山頂的岩石上，命鷹鳥每天飛來啄食他的心肝。任何神的求情也改變不了宙斯的決定，除非他說出那個他才知道的秘密：命運所安排的將來推翻他的兒子的母親是誰。但他寧可受着這樣的折磨也不肯屈服。[6]他的道德情操遠較宙斯符合人的理想，而宙斯則似乎差很遠——他不止忘恩負義，還至少是一個假公濟私的神。然而宇宙的統治者卻是他，而不是造福人類的偉大普羅米修斯，這對我們來說，神話原作者的世界觀實在令人費解。或者，這便是為甚麼以神話為信仰核心的上古希臘人只能一方面從

6　見埃斯庫羅斯的《普羅米修斯受縛》。

反面來掌握神聖之道——神的正義在於懲罰不義。所以當時民間流行「以牙還牙、血債血償」的報復觀念，[7]但在另一方面卻懇切祈求神能夠伸張正義——原因無疑正是後者曖昧難明、奧秘莫測。[8]傳説中，宙斯身前分別坐着一個代表神界正義和一個代表人間正義的神，大概便是表示他所體現的正義非人所能了解的意思。

歌舞隊在第四闋拿安蒂岡妮與丹妮公主的遭遇相比。根據傳説，丹妮的父親因獲神諭她的兒子將會把他殺死，便把她囚禁在銅室之內，與世隔絕。一天，宙斯無意中看見她，便化身成金雨走進她的囚室，並與她結合，令她被父親把她和生下的兒子鎖進木箱，一塊投落大海。後來，她們被漁夫救起。兒子長大後，果然在擲鐵餅時，誤中祖父。雖然歌舞隊除了感嘆命運之外，便沒有表達其他意見，但這個傳説實在值得我們注意。第一，宙斯化身成金雨這方式。在傳説中，他也曾化身成公牛和天鵝這些動物。似乎自然界與神界存在着某種密切的關係。第二，這其實是宙斯愛上凡女的其中一次（他化身成公牛和天鵝那二次也是）。宙斯這眾神之王較其他神尤其多情。這似乎一方面説明只有神才可隨心所欲地幹他們想幹的事情，但另一方面也表明神也有情欲，也敵不過情欲（或愛／美神）而身不由己地作出了越界的事。這個傳説還值得注意的地方是，是宙斯本人的直接參與才應驗了神諭的慘劇——是神才有這本領闖進凡人闖不進的密室，是神與她的異常結合才誕下這個殺祖父的孩子。然而，阿波羅的神諭用意何在？他似乎不知道是他的父親宙斯應驗了他所發出的神諭，宙斯也似乎不知道這個神諭的存在。

7　Goldhill, S. (1986). *Reading Greek Tragedy*. Cambridge: University of Cambridge. 頁 38。

8　Goldhill. 頁 42-5。

莫非整個事件只是揭示人與神皆受制於某種力量而必然幹出某些事情，或某些事情必然發生在他們身上？

在古希臘神話中，神造成人間的痛苦事例不少。神會因嫉妒而害人，而非純潔無瑕、絕對善良，以及神不止懲罰邪惡，也懲罰過分的善這古希臘的獨特看法，[9] 在歌舞隊集中在宙斯身上的第二闋有所申明：「宙斯，你的永恆法則為：沒有過度偉大的人，能免於毀滅。」（686-9）[10] 誠然，古希臘人已感受到生命的奧秘非人所能窺破，而且有很深刻的體會，這便是神害人的方式：「神要毀滅人，總有一天令他以惡為善，以善為惡。」（695-8）在這段引文中，神的可怕的憤怒或惡作劇，固然表露無遺。但上一段引文其實已相當明確地指出人的善與不死不滅，因而毋須以生存為中心或計較生死的神的「善」，完全不同。加以歌舞隊較早前説過：「宙斯痛恨所有的逞強──人誇耀自己的能力。」（140-1）所以人不可狂妄自大，以為知道善和惡是甚麼，以為擁有了絕對無誤的知識。「人的夢想、人偉大的希望，無遠弗屆，這帶給一些人純然的愉悦，但給另一些人幻覺、無憂無慮、盲目的強烈欲望。而這騙局人矇然不知，直至那天他跌倒、踩進火中。」（690-4）自我肯定、自以為是，無疑是人對自己的盲目、錯覺。盲目與瘋狂無異，其實都是神話中神對人慣常的懲罰。[11]（酒神尤其擅於令人瘋狂而出現錯覺。）上古希臘人認為純粹真理乃神的專利，非人能力所及，此所以代表神的先知為認識真理這非凡能力所付出的代價，便是失去一般人所有的視

9　Oudemans, T. C. W. and Lardinois, A. P. M. H. (1987). *Tragic Ambiguity: Anthropology, Philosophy and Sophocles' Antigone*. Leiden: E. J. Brill. 頁 94，150。

10　類似的信念也見於埃斯庫羅斯的《阿卡門農》。

11　Buxton, R. G. A. (1980).　'Blindness and Limits: Sophocles and the Logic of Myth' in Bloom, H. (ed.) (1990). *Sophocles*. New York: Chelsea House. 頁 121，117-9。

力，而且不時為人所誤會和辱罵為瘋子。先知初會克里昂時，便受到這樣的對待。（1145-50）

　　愛／美神阿芙柔黛蒂像其他傳說中的神那樣，也擁有完全相反的特質。她一方面十分溫柔可愛，但另一方面引起爭鬥和害人——在劇中獻給她的第三闋的開始，便表明她從沒在戰場上吃過敗仗，及把富有的人掠奪殆盡，然後才提到她在夜間溫柔的一面，以及無論多遍遠的地方都有她的蹤影。雖然歌舞隊沒有提及，但她其中一個愛人是戰神阿瑞斯，所以她以戰鬥或暴力的形象出場，其實並不出奇。歌舞隊指愛／美神燃點起克里昂和希門父子之間的戰火，而她為唯一的勝利者——新娘熾熱的目光，燃燒着欲望！（888-91）。若我們意識到愛恨鮮明——「愛你的朋友和恨你的敵人」——根本便是上古希臘人的信念，[12]我們大概會對這個神有進一步的理解；愛恨的逆轉或雙重性，其實與愛恨的二極化，只差一步而已，因為它們都是欲望所使然。

　　「甚至不死的神也擺脫不了你的侵襲。」（884）我們知道，在古希臘神話中，愛／美神固然代表着性愛及其他的愛，但歸根到底，她的力量實為把人神和萬物都結合在一起的力量。這種結合力量卻同時磨滅或沖破界限及製造混亂，因而導致毀滅。[13]秩序主持者宙斯逾越人神之別而與凡女發生不該發生的愛情，便是愛／美神的力量的表現。可以說古希臘人認為秩序與混亂、法則與逾越皆為宇宙的本質。這或者便是歌舞隊口中的愛／美神「權威的寶座，與永恆法則並列一起」（892）所要說明的地方。因為她便是代表着宇宙中的萬有動力，而動力至高峰時，便成為逾越。所以，「任誰

12　Goldhill. 頁 83。
13　Oudemans and Lardinois. 頁 141-2。

被你俘虜，都變得瘋狂，愛，你把正義的人的心，扭得橫蠻，轉向毀滅……你玩弄人於股掌之上。」（886-94）她潛伏於每一個人體內，隨時把人弄至失常或失去自制，而從一面走向相反的另一面，甚至正義的人也不能例外。她可以說便是那股動搖以至顛覆人的理性或主體的情感的可怕力量，使人盲目、瘋狂及不幸。

歌舞隊在第一次見到安蒂岡妮時，便感到一種「莫名的神的黑色徵兆」（417-8），這一方面無疑意謂她因亂倫而成為神的詛咒對象，但另一方面相信無疑也在一定程度上意謂愛 / 美神在她身上的特殊表徵。而他們在獻給這神的這闋歌後，便動容以至哽咽起來：「現在連我也得反抗國王，看見她這麼樣，我便無法約束自己，滿腔的淚水，我再也忍不住。」（895-8）他們對安蒂岡妮的態度由批評轉為同情，一反他們在之前聽到她以不成文律法來自辯時，所表示「有其父必有其女，一樣的激情……」（525-6）的態度，而對克里昂則由接受轉為不滿，無疑同樣是愛 / 美神人神均無法抵禦的作用。而且，他們不久之後，還若有所思的問她是否為了補償父親的痛苦（946）。

關於古希臘神話，還有二點不能不提。首先，公元前五世紀以前的上古希臘人，相信變化不定的大自然像人一樣是有生命的，二者均為宇宙這個有機整體的一部份。他們深感興趣的問題是宇宙所蘊藏的力量的本質或法則，因為這關乎人的禍福榮辱，尤其是人的苦難。他們稱它為天命。它不是一個神，而是超乎任何一個神之上，因為連力量比人大得多並時常干預人間事情的神，也不能知道及不可違抗天命，例如人的生死便由天命掌管，神不得干預。[14] 索福克

---

14 Winnington-Ingram, R. P. (1980). ʼFate in Sophoclesʼ in Bloom, H. (ed). (1990). *Sophocles*. New York: Chelsea House. 頁 127。

利斯便以「漆黑又可怕的奇妙」（1045-6）來形容這股巨大無比又詭秘莫測的神聖力量。其次，人的精靈（或魂魄）與生俱來，因而部份或完全決定人的命運。[15] 它是命運進駐個體生命的化身。值得注意的是，人沒有一個固定的精靈，而是數個不定的由外面而來的精靈。古希臘人認為它既神聖也可怕，因為它不止變幻莫測而且殘忍[16] ——令人盲目。「當精靈要害人時，它首先損壞那人的心。」「當精靈的憤怒損害人時，它首先這樣做……使那人一點也不察覺到他所犯的錯。」[17]（此所以伊狄帕斯自盲雙目後，歌舞隊震驚地問是甚麼精靈驅使他這樣做，他便回答是阿波羅。（《伊狄帕斯王》1464-7））它佔有着人，[18] 既可令人偉大亦可令人瘋狂，可謂人自身之內的一股無法克制的異己力量。有學者便認為它尤指人心靈深處的情感力量。[19]

安蒂岡妮認為自己違反國王克里昂的禁葬令的行動完全神聖，因為宙斯是血緣關係和家族的守護神，而正義女神又特別為冤死於親人手中的人報仇雪恨。所以她視死如歸的把兄弟波尼涅西斯下葬，而且先後葬了二次，還敢於跟克里昂當面對質，指責他的禁令違反神聖的律法。根據同一理由，她亦非常不滿妹妹伊斯米妮，認為她貪生怕死，背叛家族。但是，她忽略了宙斯的另一面：他其實也是克里昂所高舉的皇室和城邦的守護神。她也忽略了波尼涅西斯根本稱不上冤死者，而且還是殺兄弟厄忒俄克利斯的兇手。換言之，她對神聖的理解其實跟克里昂一樣，都只是個人而片面的看法

15　Winnington-Ingram. 頁 133。

16　Winnington-Ingram. 頁 130。

17　Padel, R. (1995). *Whom Gods Destroy*. New Jersey: Princeton University Press. 頁 4-5。

18　Vernant and Vidal-Naquet. 頁 35-7。

19　Winnington-Ingram. 頁 135。

而已。至於她所強調的禁葬令不過是克里昂的凡人的「法令」，並不符合古老的不成文「律法」一點，同樣值得商榷。誠然，按照當時的傳統習俗，家人有義務為死者舉行葬禮，讓他們的靈魂得以輪迴再生，但叛國及殺害親人者除外，他們的屍體不得安葬。所以克里昂的禁葬令似乎是有根據的，但我們不應忽視一點：他們通常被棄於遠離城邦範圍的山谷、深坑或大海中，以免受到污染。而污染在當時觀念中的嚴重性，可見於克里昂在判處安蒂岡妮活埋於石窟時所說的「我雙手潔淨」、「免得城邦受到污染」。（874、975）現在，波尼湼西斯的屍體卻是位於戰場所在地城門口，若不把屍體下葬的話，城邦便大有受污染之虞。所以，其實安蒂岡妮的做法，不是沒有道理的，只是她忽略了這個屍體屬叛國者這一事實（他率領一支由妻子城邦組成的軍隊反攻自己的城邦）。同樣地，克里昂對待屍體的方式其實不合乎禮法。況且，他忽略了他的決定有可能為城邦造成污染，這對他以城邦利益為依歸的宣稱，實在自相矛盾。一如他在一方面否定安蒂岡妮的家庭義務，但在另一方面要求自己的兒子對父親遵守孝義。

當然，城邦的利益並非她所關心的問題——事實上，她所得到的城邦（公眾）經驗相當反面，一點也不像克里昂所宣揚的給予人民庇護。（211）這是她的整體道德和價值觀的一大缺失。厄忒俄克利斯當然不是克里昂口中的偉大愛國者而值得風光厚葬，因為他始終為了私人利益而陷城邦於戰火之中，但波尼湼西斯也不能如她理解的那樣，死了便跟厄忒俄克利斯無異，應予以同一的禮儀（584），因為二人由同一父母所生。（575）她沒理會到他們兄弟二人其實都不過是為了爭奪王位，而罔顧人民的死活和破壞城邦，

更沒理會到二人因此而做出殺害親人的事——都大大違背了她所高舉的倫理原則血緣親情，而反映出她的善的原則所存在的內在問題。其實，即使他們沒把對方殺害，單是兄弟之間的敵對行為已有損她所重視的家族名聲的了。她其實只是抽象而絕對化了家人對死者的義務，而對波尼涅西斯生前的所作所為，視若無睹。難怪歌舞隊指她所履行的律法是「你自己的律法」（912）和「你自己的盲目意志」（962）而已。諷刺的是，她曾以「原始」來形容克里昂的法令和死亡令（938）。然而，她自己對之義無反顧的血緣關係，其實不亦十分原始，跟其他動物無異嗎？

　　她不止對死者和死亡的看法，大有問題，她對生者的看法，無論是剛提過的克里昂或不認識的歌舞隊，她的愛人或她的親妹妹，其實都是這樣。先說歌舞隊。當歌舞隊聽到她把自己的死亡方式跟神妮歐碧相比後，便語帶同情的說她的命運像神那樣悲慘，並提醒她妮歐碧是神而我們卻只是凡人。她竟認為他們在譏諷和辱罵她。（925-33）雖然妮歐碧是因為自詡比阿波羅和黛安娜的母親樂朵生下了更多勇敢和美麗的子女，而遭到悲慘的懲罰：不止她的子女全被前二者射殺，她自己亦因傷心過度而變成一塊石頭，日夜流淚，這或許便令到她以為他們是譏諷她狂妄自大，但對一個不死的神來說，這樣的下場無疑較諸必有一天死亡的凡人，來得悲慘一些，至少她的悲慘便沒有休止的一天。無論如何，安蒂岡妮在較早之前對歌舞隊的誤解，便是顯而易見的一回事。她誤以為他們是畏懼於克里昂，才不敢同意和稱讚她。（563-5）我們知道他們後來雖然同情她，甚至體會到她大概是為了補償伊狄帕斯所受的折磨，才落得那末慘淡的下場。（945-6）但在聽完這個她自己形容為心中至痛之處

227

後，他們的回應是：「是你自己的盲目意志、你的激情毀了你。」
（962）他們始終認為她是瘋狂（1022-3），而沒有稱讚她。而且，
他們也不算怯懦的人。他們曾在聽了希門對父親的教訓後，叫後者
不妨向前者學習（810-1），又曾在克里昂盛怒下要把她們姊妹處死
時，不無異議地反問他是否真的要二人都死。（866）同樣地她也
理想化自己為英雄，獲全城支持。（563、569）。

她在劇初與妹妹對話那一幕，絕對不容忽視，因為它不止有力
見證到她的理解力敗壞至何等程度，還揭示出造成問題背後的原
因。她開始時稱妹妹為「我的血肉，我親愛的姊妹」（1），問她
會否與她「一起攜手」（53）把波尼涅西斯「我倆的兄弟」（55-6）
的屍體安葬。但當妹妹這個她世上唯一的親人不肯這樣做時，她便
馬上翻臉無情，一下子由親人變為仇人，[20] 多番以對待克里昂一樣
的充滿仇恨的言辭來回應妹妹的善意關懷。如當妹妹勸阻不了她
的衝動時，便好意提醒她不要讓別人知道這事，她自己亦會緊守秘
密，但她卻完全誤會了她，竟回應說：「告訴全世界吧，我會因你
的守秘而更加恨你。」（100-1）並以這樣自我肯定的語調與她分手：
「你這樣說，只會令我憎恨你，而死者的仇恨，自必日以繼夜的纏
繞你。」（108-10）她在被捕後的恨意和誤解，依然絲毫無減。當
克里昂要把她們二人處死時，她既沒抗議妹妹的死刑或為她求情赦
免，也不准她陪她受死，說：「我討厭那些光說而不做的人。」（612）
又當妹妹繼續坦誠地表明沒有她，她便不想活下去，她竟然說：「你
只關心克里昂一人。」（619）上古希臘人的愛恨二極化毛病，可
謂完全體現在她身上，而且有過之而無不及，因為個人的愛恨似乎

20　Reinhardt, K. (1979). *Sophocles*. Oxford: Basil Blackwell. 頁 67。

成為了她理解世界的唯一範疇。而愛／美神的精靈也可謂完全俘虜了她的心，令她完全瘋狂和盲目，如歌舞隊所言（962、1022），也如妹妹所言（80-1、115）。她對家族的愛本來便夠絕對的了，所以在愛／美神的精靈進駐之後，便變得非常粗暴，只許別人，尤其是親人，與她結合，跟她一模一樣，任何的不同或距離，更不要說批評或對立，都立即變成敵意。此所以，她只要她所愛的人為她哀悼（969），而不接受愛她的妹妹及希門，還說自己被她愛的人遺棄（1011）——但其實他們分別以殉葬這最悲壯的方式來哀悼她！此也所以，希門只能在她死後跟她結合——像克里昂的判斷那樣，只是他估不到那個跟她死亡結合的人是他的兒子希門。可以說，她對家族的愛及由此而產生的期望，破壞了她的理解力——嚴格地說，她跟妹妹的對話，根本便不算對話而是自說自話，因為她對事情早有定論，於是甚麼也聽不入耳，甚麼也走不進她的世界，而反令她的警衛更為森嚴——還因此而為她製造了敵人。她不止敵視妹妹，後來更索性當她死了，甚至不屬家族成員。（983、1031）這是何等偏狹及反覆無常的親情！

所以，當克里昂從統治者的立場出發，竭力把她的兄弟劃分為愛國者（即善）與叛國者（即惡）二個毫不含糊的類別，並說「一旦成為敵人，便永不是朋友，即使是在死後」（588-9），她的回應是正正相反，因而同樣十分一面倒的：「我不是為了恨，而是為了愛的結合而生——這是我的本性。」（590-1）這句話，其實只是她的理想，她為自己一生定下的偉大的目的、美好的主觀願望而已，一如年青的伊狄帕斯那樣。她壓抑了或沒意識到自己心底裏的恨，對這個視她為污染者而剝奪她正常權利的城邦（976-7），對詛咒她

家族的宙斯，甚至對造成這一切「無妄之災」的伊狄帕斯的恨。她不是在怨恨克里昂奪去她婚姻和生兒育女的歡愉之餘，說了句：「我親愛的兄弟，你的婚姻毀了我的，你的死亡把我也活生生拖進死亡」（956-8）嗎？這表面上是指波尼涅西斯，但這也可指伊狄帕斯，因為他亦是她的兄弟，他的婚姻令她成為孽種而過着雖生猶死的生活。[21] 加以她曾經用來指稱波尼涅西斯的「我母親的兒子」（521），其實亦適用於伊狄帕斯，而且後來也真的這樣指稱他（953）。正是由於她的本性原始而混沌，她由之而生的結合為「纏繞着的恐怖和憂愁」（952），她的親情實在大有問題，只會帶來盲目、瘋狂和不幸。她更加沒意識到愛恨本來便無法完全分開，它們不過是激情的一體二面，一如代表生命激情的愛／美神那樣，所以她與代表秩序和法則的宙斯並排而坐，而且必須如此，生命之火才可繼續藍藍燃燒下去，而不會把一切都化為灰燼，連自己也熄滅掉。

安蒂岡妮完全肯定自己是神聖的，她在臨赴石窟之前的話是：「各位底比斯的子民……看我現在在這班甚麼人手中所受的苦。一切都為了敬神，我對神的崇敬。」（1030-4）然而，我們剛才在她與妹妹的「對話」之中，不是清楚看見她以惡為善、以善為惡的瘋狂嗎？她在劇初直指宙斯為家族苦難的幕後黑手——她雖然沒說清楚神是因嫉妒而害她的家族，還是在懲罰她家族的偉大（950、981、1031）或不義，但從她再三形容家族為偉大（950、981、1031）而不是既偉大也可怕、既是解救人民的英雄，也是帶給人民災禍的污染者的家族來看，我們有理由相信總的來說她毋寧相信神

---

21 其實，她那句「我是為兄弟而幹」（1001-4），也可作如是解。另外，她一直稱她要去的石窟為墓穴、新房和家，但至後來，她在它們後面加上「牢籠」這個屬性（939，978）。這亦可說是她對家族的恨的暗喻。

230

是在害他們。加以在她的經驗之中，她姊妹二人的痛苦及她兄弟二人的悲慘下場都不過是宙斯的惡行或詛咒之一（3-6、983），就像對克里昂而言，神是在懲罰波尼涅西斯的不義。她就是不明白何以神要這樣對待她的家族，不明白神聖究竟是怎麼的一回事。她可能一如其他上古希臘人那樣，認為神不止擁有人的一切毛病，也並不愛世人。他們會發怒、妒忌和害人，所以他們對神的態度並非愛戴而是既敬且畏。[22] 她似乎不知道神，特別是宙斯，其實只代表強大的生命力——歌舞隊便一再強調這（678-83）——而非代表善或正義。[23] 這，不過是人為自己訂造的美好願望而已。一如天命，神聖根本便詭秘莫測，不是人所能理解的。此所以，無論是那個專為眾神作信差及詮釋的神，或阿波羅發給人間的神諭，都是殘缺不全、含糊不清，令人百思不得其解的，[24] 而古希臘的名訓則是對應於此的中庸、節制、謙遜之道。其實，所謂神的妒忌和神害人這些結論，與上古希臘人自身的世界觀存在着內在的關係：前者不過是後者的投射，更確切地說是人由自戀而來的自欺的自我形象的投射。他們沒有懷疑而是美化了他們自身的認識能力，而把他們其實未能理解的事情合理化為神對人的妒忌和惡作劇，並進而斥責他們害人。就像她一廂情願的以為自己偉大，以至為歌舞隊的相反看法找出「合理」的解釋，證明自己的判斷是對的。

　　不少學者指出公元前五世紀以前的上古希臘人仍未懂得反思自

22　Finley, M. I. (1979). *The World of Odysseus*. Harmondsworth, Middlesex: Penguin. 頁 139。這位荷馬專家便在他的史詩中找不到表達「畏懼神」或「愛戴神」的字眼。

23　專門研究古希臘文化多年的尼采告訴我們：古希臘的神其實與善惡和真理無關，他們只是擁有巨大的能力而已。

Nietzsche, F. (1968). *The Will to Power*. Trans. W. Kaufmann and R. J. Hollingdale. New York: Vintage. 節 1037。

24　Hoy, D. C. (1978). *The Critical Circle*. Berkeley and Los Angeles, California: University of California Press. 頁 1，以及 Buxton. 頁 124-5。

我，把「我」從自己抽離出來進行檢視和反省，因為他們沒有統一的靈魂這觀念，而與此大有關連的便是他們沒有統一的肉體以及靈魂與肉體對立的觀念。[25] 事實上，即使至五世紀，古希臘仍只有「有意」而沒有「故意」或「意志」[26] 或者「個性」[27] 這些反映自我的明確觀念。相信這與我們前面提過的人由外面而來的精靈這信念，息息相關。所以這些學者皆認為悲劇盛行的五世紀為新舊交替的時代，它見證着某種自我意識的抬頭（這趨勢不久發展為以柏拉圖為代表的理性、統一的自我）。自比為安蒂岡妮的齊克果曾敏銳的指出安蒂岡妮多少已有自我反省的意識，所以她雖然像沒有反省的人那樣只感到莫名的悲哀，但也像懂反省而倍感痛苦的現代人。[28] 或者，我們在這裏補充一點當時的歷史背境，會有助這個問題的掌握。在五世紀初，雅典率領希臘聯軍戰敗當時的強大帝國波斯後，成為了整個希臘的盟主，還雄心勃勃想成為鄰近地區的新帝國。對內方面，至世紀中，新領袖培里克利斯把波斯戰爭前已推行的民主改革進一步深化，令貴族以外的自由民全體晉身參政的行列，他們不止有選舉和參選的權利，而且以議會辯論然後投票的方式決定城邦的事務。這些都在無形之中，特別是具體的民主實踐，給予他們成就感的同時，大大提升了他們的自我意識，而削弱了一直以來的跟隨傳統習俗、聽天由命或君命是從的意識。

25　Snell, B. (1953). *The Discovery of the Mind*. Cambridge: Mass.: Harvard University Press. 頁 19。

26　Vernant and Vidal‑Naquet. 頁 56-61。

27　Goldhill. 頁 172。

28　Kierkegaard, S. (1987). *Either/Or*. Ed. and Trans. H. V. Hong and E. H. Hong. New Jersey: Princeton University Press. 卷一，頁 148-50。齊克里這篇論文別具創意。他猜測安蒂岡妮其實很早便知悉父親特殊的身份，但她不敢告訴他，還為他緊守這個連他本人也不知的祕密而隱瞞着自己的愛人希門。他很有感觸的指出：這樣為人守祕令人高貴，卻同時令人加倍痛苦！

安蒂岡妮的自我反省雖然十分矇矓和軟弱無力，但還是清楚見諸本劇後來的發展。首先便是「親愛的神啊，始終是個異鄉人，世上沒有，地下也沒有，與生者或死者，我都沒有家」（940-2）這句似乎十分自相矛盾的話。怎麼她忽然覺得自己與死去的家人都成不了家？她之前不是深信「我會跟我所愛和愛我的人，躺在一起⋯⋯我寧願取悅死者而不是生者」（87-9）的嗎？誠然，第一個可能的解釋是她現在明白到她為之而犧牲自己的兄弟波尼湼西斯，其實跟另一兄弟一樣，都有違家庭倫理原則，因而都不能跟家人團聚。第二個可能的解釋是她現在明白到那個比波尼湼西斯與她關係更為密切的人——「她所愛和愛她」的伊狄帕斯，其實亦大逆不道，始終幹出了殺父娶母的事，所以他亦不能跟家人團聚。而第三個可能的解釋便是關乎她自身的幸福：她現在終於明白到無論是對家人的愛或對別人的愛，對自己與生俱來的老家或由婚嫁而來的新家，她都一樣無望、無法實現，因為她的出身根本便不可能給她一個正常、幸福的家——她的整個家族便是因伊狄帕斯所犯的無可寬恕的罪而萬劫不復。其實，若不是她對血緣關係的見解存在那麼大的問題，那麼「濃得化不開」的話，她很早以前，當她自願陪伴父親接受流浪異鄉的懲罰之時，便該清楚意識到自己的可怕血緣身分——完全乖離文明社會至為重視的人獸之別、倫理規範——她是注定無幸福可言的人。或者，她之所以看不到自身的血緣問題，還口口聲聲說自己家族偉大的原因，是她一出生便瘋了，如克里昂語帶雙關所言。（633-4）

　　與她對家族問題的反思相關對應的，便是她對神聖之道的看法的輕微改變。她原先認為自己完全正確，因為她履行的是神聖之

道。現在，她不再那麼理直氣壯，那麼完全的自我肯定了。「究竟，我所逾越的神聖律法，是一條怎麼樣的律法？」（1013）[29] 這句固然是悲憤不平的說話（因為接下來的二句是：「受着這樣的折磨，我為何還要寄望天庭？現在，有誰可呼喚，誰是我知心人？」（1014-5），但亦可以說是浮現在她腦海的問號，一個她問自己的問題。加以在這番話完結之前，她說：「好吧，若這是神喜歡的玩意，我受難之時，自會知道我是錯的。但若是這些人錯的話，他們便該受到不多於他們施加我身上的痛苦。」（1017-20）她不是不再相信神了，因為她還想神替她報仇。她這個伊狄帕斯的女兒一方面很想知道真相，一方面有些懷疑自己一直以來對神聖的看法，以至對自我開始動搖起來。但她就是不明白其中的道理，也不知道自己有的其實只是（「不成文的」）信念而非知識，一如她有的只是「我苦」、「我愛」的感受而非這方面的冷靜反省。其實，她的天問是：究竟何以自己受苦？究竟自己錯在哪裏？難道正義不便是神聖？而她的所作所為不便是正義了嗎？她不能夠明白是非對錯與苦難二者之間並沒有必然的因果關係。不要說正義，單是誠實正直的人便常受苦——她妹妹不是便受了許多苦，而且是從她那裏得來的呢！她更加不可能明白痛苦有其獨特意義，未必便是禍，甚至可能是偉大生命的一個不可或缺的動力因，而生命之偉大奧秘也許便在於痛苦的千錘百煉。她以為神聖可以而且是以律法這抽象方式來掌握，但關於正義、善等問題，又有何法則、原則或標準是放諸四海皆準而又超越任何時代的呢？

安蒂岡妮以家族來界定自己，所以以為自己所作的犧牲是為了

29　本句詩的翻譯，根據的是 Oudemans and Lardinois 的分析和英譯，稍為不同 Fagles 的「究竟，我逾越了偉大的神的甚麼律？」Oudemans and Lardinois. 頁 192。

家族。然而，若從她行動的目的與結果來看，二者之間無疑存在相當的差距。她在開場時還對妹妹十分鄭重地說過：「你即將顯示你究竟配不配得上你的血統，還是儘管身上流着皇族的血，但是一個懦夫。」（44-6）此也所以她後來為自己的行動解釋：我是為兄弟而幹，因為父母都逝亡，我沒可能再有另一個兄弟的了。（1003-4）但是，她走進石窟之後，不待食物吃完便馬上自殺。誠然，她進入石窟的心情是夠絕望沮喪的了，而且克里昂分明是要把她活生生的餓死的了。（870-4；973-4）然而，我們還是要問一句：她自殺此舉，不是令到她的家族無後了嗎（她已不視妹妹為家族成員）？這不也是不孝嗎？無疑，當時人相信污染或神的詛咒會代代相傳下去——她的家族是注定要受盡苦難的了。但在另一方面，當時人也認為自殺與他殺無異，一樣玷污家族。[30]她實在是生也難，死也難！而對在當時社會遠較個人為重要的家族而言，她這個成員也實在敵友難分，不知該愛還是恨。

最後，非常諷刺的是，她不知道她在石窟自殺後，希門便為她殉情。但更重要的是，就是在個時候，克里昂正趕去把她釋放。她以為石窟被封閉後，她必死無疑。但「奇蹟」就是出現了——克里昂因為害怕先知的「家破人亡」警告而釋放她和埋葬波尼涅西斯。（同樣地，克里昂也不知道他應先把她從石窟放出來，然後才去埋葬死人。）她不知道人的信念、人的知識，無論有多強、多理性，都還是受制於個人、環境和時代的條件，而有所不知、有可能出錯。她不知道神的語言不同人的語言，它得由冷靜的先知來領悟和詮釋，而非異常激情的她所能理解。神聖的知識根本便是宇宙的奧

---

30 Parker, R. (1983). *Miasma, Pollution and Purification in Early Greek Religion*. Oxford: Oxford University Press. 頁 123。

秘，介乎人神之間的先知便為了這含糊的知識而失明，便為了獲得這非凡能力而身體有缺憾，並受着孤獨之苦。這實在是一個價值觀以至人本身都含糊不清、矛盾重重的宇宙。[31] 此所以歌舞隊便提醒觀眾神的偉大而荒謬，又相反相成的神聖之道（或悲劇性邏輯）：「沒有過度偉大的人，能免於毀滅。」她的父親／兄弟伊狄帕斯其實便是一個很好的例子，他本身的含糊性便足以令人不知如何把他定論、定性才好。他其實既是她的光榮也是她的恥辱，既使她偉大也令她滅亡，儘管她只是感到強烈但莫名的「我至痛至悲之處」。（947-8）糾纏不清的愛恨，無疑遠較單純的恨為之令人痛苦萬分，不知該生還是死。

31　Vernant and Vidal-Naquet. 頁 43。

試論奧菲斯的白晝夜與黑夜

　　奧菲斯（舊譯俄耳浦斯）生於希臘北部的色雷斯，是希臘人當中最傑出的音樂家和抒情詩人。關於這傳說人物的生平事蹟，古希臘文獻記載甚少，主要是後來的羅馬時期的歐維和維吉爾，兩人說法大同小異，我們姑且以前者的《變形記》（第十章）為藍本，先看看他如何以音樂打動冥王的心，讓他把妻子帶走，以及如何功敗垂成而以悲劇告終，然後我們討論藝術家與作品之間的玄妙關係。我們揀選奧菲斯的傳說，原因在於他以藝術救贖愛人的獨特經驗可謂象徵了創作的最高境界或極限，因而同時揭示了創作的一些本質或核心問題，例如嚴格意義上的創造力究竟是怎樣得來的？它是先天、後天，還是比二者更神奇的能力？它屬意識還是無意識的心靈活動？它與理解力或欣賞力有何本質上的分別？它的擁有者又是否必然能創造出傑作來？

　　奧菲斯是其中一位繆思女神與色雷斯王子所生的兒子，除了神明之外，誰也及不上他以豎琴彈奏出來的音樂。他音樂的魔力不止能馴服兇猛的野獸，更能令樹木、石頭和河流追隨他四處移動，總之，無論有生命或沒有生命的東西都抗拒不了他。我們不知道他如何追求美麗的尤麗黛絲，我們只知道他很愛她，可惜婚禮舉行之後，她便立即被毒蛇咬死。他悲痛欲絕，決定往地府救她回來。冥

王和冥后聽了他的哀歌之後，感動得留下淚來，於是答應把他妻子還陽，但除了二人路上不准交談外，他們還有一條件：在回到地面之前，她只能跟在他後頭，而他不能回頭看她一眼。他們從地底黑暗的小徑一直往上走，但在抵達地面之際，當漆黑的四周轉成灰濛的時候，他興奮地踏入日光之下，轉過身來，可是她還在朦朧之中。她就是這樣一下子重新墮進深淵。他想走下去捉住她，但地府的門已關上，不讓他再次踏足了。從此之後，他便捨棄人群，孤伶伶一人活在世上，每天痛苦地彈奏着他的豎琴。

二、

相信，第一個值得注意的問題是，何以冥王訂下這條禁令，不准他們交談，不准他回頭看身後的妻子？他既然已被奧菲斯的音樂所感動，何以不無條件地讓他把人帶走，而要提出這個其實並不容易做到的條件？冥王的禁令無疑是對應於這偉大音樂家的異常請求——他要考驗他的造詣，看他的藝術是否真的已達至藝術最高的境界，能夠令沒有生命的東西變為有生命的東西。在古希臘傳說中，唯一類似的奇蹟是雕刻家皮格馬里翁，他把心愛的象牙雕像變成活人。不過，他不止日夜撫摸她，他最後還是向愛與美神誠心禱告才得償所願的。奧菲斯有本領馴服兇猛的野獸，亦可令沒有生命的石頭和河流聽從他的心意跟他走，但他又能否令死去的人復活過來呢？此中的成敗關鍵是他的創造力是否已爐火純青——他能否恰當地處理自己的欲望。尤麗黛絲現在已成為他的創作，她的生命或她的美的呈現現在視乎他的眼睛多於他的歌聲——冥王這位黑夜之

王就是要看他是否能控制自己的眼睛。

可惜他功虧一簣。他早了一步轉身而令愛人墮進深淵，也令自己萬劫不復。他不止毀滅了自己的愛人，也毀滅了自己的幸福和自己的藝術。他究竟何以轉身看尤麗黛絲一眼？他到底想看見甚麼？生命的誕生——靈魂如何重新與肉體結合？還是自己藝術的奧秘——如何賦予生命？他當然想知道自己身上的這個秘密，因為這關乎他的藝術，特別是他是否擁有近乎無限的能力。但是，人的肉眼豈能看見無形的靈魂，更何況這些都屬於人不可知悉、不可窺探的秘密。誠然，尤麗黛絲默默跟在他後面走路是十分難耐的一回事，因為在整個旅程中，他聽不到她的聲音，一切都那麼不真實和虛無縹緲——她彷彿是不存在的，或冥王根本便是在作弄他（希臘人認為他們的神喜歡作弄人）。而且對藝術家來說，創作的目的正是為了呈現美，令美展現自己眼前，成為真實而不只是幻想物而已。所以，冥王的禁令其實與這股創造的原動力或欲望是互相矛盾的。奧菲斯雖然有本領馴服猛獸，令牠們服從他，但他卻難以馴服自己內心這股欲望，因為它構成他藝術家的身分——當這股欲望熄滅了，他便當不成藝術家。他便是由於未能好好駕馭創造的原動力而被它毀了自己的作品，也可以說作品成為了這過於巨大的欲望的犧牲品。

三、

請注意：冥王只是不准他在抵達地面之前看尤麗黛絲，即不准他在黑暗之中而不是不准他在光亮之中，當她已完全被他改變之後

看她。換句話説，藝術創造的奧秘，即使是對擁有這能力的人來説，也是個秘密。因為當時人相信這種特殊能力是神的賜予，而不是一般人所「自然」擁有的東西。他母親是繆思女神其中之一，他就是從母親身上承繼了這份禮物。至於其他詩人或藝術家，則是獲得神的特別眷顧，例如最著名的盲眼詩人荷馬，被希臘人奉若神明，為他建廟造像表示崇敬。藝術的創造力亦不是藝術家所完全自覺的能力，不是他們自己能掌握的東西，就像生命力的強弱不是人所能操控一樣。雖然意志力在某程度上可提高人的生命力，但把人由弱者變為強者似乎超出了它的界限。歸根究柢，藝術的創造力不屬智力範疇，不是人可藉學習而得來的方法或技藝——學習至多可以幫助我們掌握創作的材料或媒介，即技巧方面的純熟而已。所以它不是那種隨時隨地可施展出來的能力，即使我們曾經擁有這種能力，這也並不表示我們便永遠擁有它，因為它根本不是人所能佔為己有的東西。相反，人毋寧是它佔有的對象——當它不知從哪裏忽然降臨人身上時，人會變成另一個人，或甚至進入某種原始自然的非人狀態。

奧菲斯的音樂同時是詩歌，他一邊彈奏豎琴，一邊把詩句吟唱出來。但是，即使只是人日常生活中的話語，它也不是一件用來表達人內心世界的工具而已，人也未必能夠主宰自己所説出的言辭，以至有時會發現它根本不是在表達我們自己，並不聽命於我們的指揮。總之，藝術創造實在十分奇妙，它連對藝術家本人都有其無法解釋的特質，即是説無法變成一套知識或統一的法規，供人用作創作的指南，像要求理解一切以及以清晰明白為原則的純理性思維活動那樣。雖然美學理論或名作的具體分析對欣賞或「理解」藝術作

品頗具價值，但對創造力來說，它們或許能給予一定的啟發，但肯定不是充分的條件，因為創造總有點甚麼構成因素或靈感是隱藏着的。況且，打破既有的法規似乎是藝術創造的一個重要特色。它不止要求打破日常生活中的流行觀念和價值，例如美的生命，也要求打破藝術本身的傳統表現手法甚至理想，例如和諧統一、悅耳悅目，從而激發、引導，甚至塑造了新的價值和理想的誕生。

其實，奧菲斯踏足生人止步的地府已逾越了人的法則，人不可干涉死亡而只可接受死亡的法則。或者，他這個舉動已預告了他必然無法遵守冥王不准他轉身的法則。他在最後那刻的失誤，當然與上面提到的欲望有關，因為欲望的壓抑只會令欲望變得激烈，但它同時標誌着創作的另一奧秘——創作過程之中的任何一刻、任何一個舉動都可能令作品受到嚴重的損害，以至前功盡廢。藝術除了要求藝術家努力不懈地付出，亦要求他們在激動、忘我之餘保持一定的冷靜，否則作品便失去應有的分寸。這種介乎意識與無意識、清醒與瘋狂之間的狀態本來便非常異數，也極之危險，而這對奧菲斯來說，當然尤其困難，因為他正在創造一件超乎一般意義的作品，它既是愛人的復活或美的重新展現，亦是他非凡藝術魔力的證明。

四、

在古希臘宗教中，奧菲斯是其中一個神秘宗教的領袖。雖然這個宗教以他命名，但我們不知道他是如何當上領袖的。他們與官方宗教最大不同之處是，他們相信人有靈魂，它在脫離軀體之後繼續存在，與另一副軀體結合而輪迴轉世，輪迴之道則在於淨化靈魂，

以求取得靈魂最終的救贖。他們崇拜太陽神阿波羅，奧菲斯的音樂便屬於這個神界之中最偉大的音樂家所掌管的那類音樂（抒情的豎琴）。但請注意，阿波羅在照耀大地，讓萬物得以生長和使人得以看清事物，因而同時掌管真理之餘，也擅於製造幻象來矇騙人。最著名的例子大概是荷馬《伊利亞特》（第五章）中的記載。他在戰場上救走了他所支持那方的特洛伊某將領，改以一個虛假的映像來替代他，無論是敵對的希臘軍或他自己的戰友卻沒察覺任何不妥而繼續拼個你死我活。太陽的光照令奧菲斯以為兩人都已抵達目的地——他以為自己走到光明之處，妻子便也一樣，或應說，他以為作者的狂喜便是足以證明作品完美，或自己工作的終結。他應該稍為停頓，清醒一下或懷疑一下自己的視覺，然後才大肆慶祝。

他也似乎忘記了阿波羅代表節制和守法的精神，所以他的音樂使人心緒平靜，而不是像酒神那樣令人激動至瘋狂的地步。更加重要的是，以宙斯為首的希臘眾神雖然干涉人的活動，但並不干涉人的死亡——這是他們能力的極限。他們不可令死去了的人復活過來，因為這與較他們古老的命運女神的權力有所抵觸。阿波羅雖然同時掌管醫療，但他亦曾因這理由而忍痛讓自己的愛人永遠離他而去。奧菲斯有可能成就大於自己所供奉的神嗎？「認識自己」這阿波羅最著名格言的意思是：人不是神，所以千萬別模仿神的舉動，而他竟嘗試超越神的能力。奧菲斯似乎太忠於白晝（太陽）的法則而輕視了黑夜的神秘法則，或者他以為他的音樂既然俘虜了冥王的心，它便可取代或改變黑夜的法則。

五、

　　最後，讓我們以傳說中的黑夜象徵來結束這篇短文。黑夜可謂整個故事的核心。蛇揭開了奧菲斯神秘旅程的序幕，蛇和地府固然屬於黑夜，但故事的結果同樣是某種黑夜，或者應說是白晝之中的黑夜，因為他從地府回來後便過着生不如死的日子——他痛苦得對甚麼人也不感興趣，女性更不在話下。本來，他在這情況下依然沒放棄音樂，他是大有可能取得更高成就的。但不幸的是，跟據奧菲斯教本身的傳說，由於他拒絕任何女性，他後來被一群同屬神秘宗教的酒神瘋婦活生生肢解（酒神教信徒可說全是女性，她們在冬夜舉行祭祀，徒手撕裂野獸是她們的主要特色之一）。他死後，漂浮在河流上的頭顱依然不斷在呼喊着妻子的名字。莫非神真的捨棄了他？肉身死亡之後繼續受着煎熬而沒得到安息，這固然增添了整個傳說的悲劇色彩，但這樣的一個下場亦有它的內在邏輯：似乎對應於他之前耐心的不足，以及因此而帶給妻子第二次死亡的額外痛苦。此外，若就創作來說，只是不斷呢喃着妻子的名字而不是把自己的懊悔和對她的懷念轉化成一首詩歌，實在過於簡單直接，與他在地府所唱的哀歌相差甚遠。

　　黑夜與白晝當然相關連，一如人的生於死，因為黑夜雖然不同白晝，但並不與它完全分隔開來，二者其實是一微妙的連續體。而二者交匯之處最易令人迷失，因為在這模糊時刻之後，可能是清晨，但亦可能是黑夜的降臨。藝術家在創作的時候便處於這種境況。我們前面已指出奧菲斯對創作的不恰當要求或過分的欲望。我們現在或可進一步說，他不應該把白天日常生活的理性法則強加於

藝術創作時一片朦朧未知世界。這或許是由於他在陽光普照的大地之上能征服一切，能把有生命或沒生命的東西都改變過來，而使他自大或狂妄起來——他不是一踏足地面世界，便回復他的「人性」、「正常」意識嗎？藝術創造的奧秘像復活再生那樣神秘，因為它們不屬於人知識或理性範疇之內的活動。嚴格地說，後二者毋寧是妨礙我們的精神或心靈的拓展或突破，即復活再生的絆腳石，因為一門知識便是一個世界觀，它有自己的基本概念、原則、價值和判斷標準，它們構成了一個相當穩定和秩序化的世界——所以它使人認識和適應當前這個世界的現實情況。它無疑也給予自己的發展一定的空間，但它所能接受的創新，其實不過是既有概念、原則、價值觀和標準之下的轉變而已，所以人們對過於偏離既有現實或既有理想的東西，連想像一下也不敢，更不要說認真構思，然後努力把它呈現出來。或者，只有真正的藝術家和思想家才會這樣做，儘管他們對作品的成就，並不抱多大的信心。

附錄

理性與感性的教育
——它們可不是對立，
而且都與教育關係密切

前言

目前的主流教育理論和政策，基本上可統攝於三種人的模式——生物的、技術的和理性的。但似乎沒有一個能較全面地對待人的複雜性；理性不單被視作教育的至高、甚至唯一目標，而且對立於感性。與此平衡的，是學生的感性表現往往被否定、忽視或壓抑——彷彿情感和欲念是洪水猛獸，只具破壞性，所以學生應竭力克制或清除它們。

生物模式視人為植物或動物：前者正是現時頗流行的學童中心教育法的根源，其基本信念為學童的自然成長；而後者是一般所謂學童行為管教理論的根源，其基本信念為「刺激與反應」的因果性。技術模式視人為工廠的製成品，其基本信念類似於「刺激與反應」——原料的輸入與製成品的輸出的因果性，所着重的只是數量的控制與結果。至於理性模式，則視人為純粹邏輯的存在，其基本信念為知識的永恆不變性。教育就只是給予學生某些「客觀」的知識及「客觀」的批評準則，以達到人的獨立自主這一教育理想。

相對而言，理性模式已是較可取的一個模式——至少教（或教師）與學（或學生）均被重視，不像學童中心教學法般重視後者而忽視前者，也不像「刺激與反應」和「輸入與輸出」論般重視前者

而忽視後者。然而，它的長處亦是它的問題所在：理性或理念被僵化為非或超越時空的不變產物，同時人被約減至僅為意識的動物，嚴重忽略了意識以外的人的內心世界。當然，這些問題並不僅是理性模式的問題，其他模式也未能正視它們。

　　強調理性的時空性以及理性與意識的局限性，目的在指出作為教育目的或理想——獨立自主的人——的高不可攀或理想性質。人畢竟是理性以及感性的動物，當感性一面被嚴重忽略、否定時，生活以至生命的豐富意義便大大被削減，因為人的感受能力——知識的源頭——已被掩制了，被我們只能是特定時空下（即歷史性）的知識所限制。人的真實性（我是誰？我是怎樣的一個人？）也因此而遠離了人自己。可是，人卻沒法脫離當前、既有的知識（理性）而存在——（試想想）沒有它，我們根本連生活一刻也不可能！

　　換言之，由於獨立自主只能基於知識、理性，而它們卻只能是歷史性的，所以人的獨立自主性嚴格地說是沒法子完全達到。（我們沒法子完全掌握自己的感受。）但必須聲明一點：這不等於說我們要否定理性或獨立自主這一理想，我們只不過不同意那些以為理性就是人的思維的全部、以為獨立自主可以脫離歷史時空限制的理論而已。

　　下面，我們首先簡略地說明理性的歷史性，和理性與意識的局限性；然後探討感性以及自我概念如何在學校被忽視、扭曲和否定；最後，當然要提到教師的角色和任務。

理性的歷史性

理性，當然是人的產物，而人當然屬於某一特定時空，而任何時空都由一定的歷史、社會、文化等條件所形成，所以理性也視乎這些特定的條件。這就是說，理性隨着時空的不同而有所不同。中世紀的理性與我們現代的理性可說相去十萬八千里，否則伽里略也不會被折磨而死；資本主義與共產主義的理性根本截然不同，私有產制在後者是一切罪惡（剝削）的癥結，在前者卻是必須努力維護的原則。

知識，不過是歷史性的理性的產物，所以亦不過是歷史性的。科學的發展史不已非常清楚的說明了這性質嗎？知識在不斷改變：以前深信不疑的某些知識，現在已不再為人相信了，同樣地今日我們深信不疑的某些真理，明日可能被全面否定。甚至，理性作為知識的準則也因時代不同而地位有所升降，當前的科學家（如費也納賓）對理性對科學研究的角色所持的態度，已不像數十年前般簡單地以為一切都應以它為準則，費氏等已感到我們的所謂理性對知識的發現和推進竟有窒礙的反作用。

意識與理性的局限性

無論我們信奉佛洛依德與否，基本上知識界都同意意識只不過是我們內心的一部份而已（是我們比較清楚的一個層面），意識之外，尚有一個複雜深邃的非意識領域，它無時無刻在影響我們的理性和意識（如對語言方面）。

就以抉擇為例。抉擇通常都認作是純意識的一回事，但我們如細心想想，便會察覺它的複雜性，相信不少人對下面各種抉擇的問題、情況都有一定的經驗吧：

一、在作出抉擇和把它付諸行動後，我們仍不敢肯定它是全然正確的，甚至在反覆思考後，我們根本無法好好解釋為何作出這樣的一個抉擇。（如為甚麼與他／她結婚？）

二、在考慮時，我們明知道其中一個抉擇是理性的，且絕對是對自己有利的，但最後我們竟不這麼抉擇。（因為我們太軟弱怯懦了？）

三、當然，還有那些我們根本無法作出任何抉擇的情況，可不是由於我們對事情的認識不足，只是我們不想按照考慮到的任何一個抉擇去做。

其實，在日常生活中，我們許多的行動與反應不過是基於習慣（方便）、模仿或現實考慮，即是說，是處境性的，彷彿我們並非自己的主人。例如我們常發覺自己後悔說過或做過某些東西，往往在事後反省時，我們會對自己說我們實在不應該這樣對他／她、甚或發覺這樣說這樣做其實違背了自己的心意。難道在意識之外，真的有這麼一股強大力量在左右我們的意識——不然，又何以人時常說：我不是想這樣的呀！

這部份意識以外的領域或莫名力量，雖然有時（不是人人）可

以被克制、壓止，但我們仍感到它的存在——「我知我是介懷的，雖然我口說不介懷。」（但我不是想說謊。）這樣看來，非意識的我才是真正的我，而不是理性思考時的我。再進一步說，上面提到的，不過是我們知道的部份，那末，不知道的究竟有多少？人的真正的我究竟是怎樣子？我們的理性、知識、道德究竟掩蓋或扭曲了多少真正的我？

感性在學校的地位

相信，從前面的展析，我們已明白到人不能被簡單地約減為理性的動物，同時亦多少明白到學生的情感（尤其是）不應被忽視或粗暴地被否定，因為情感似乎是我們的非意識的最重要表現。然而，事實卻正是如此。讓我們從兩方面來看情感或感性在學校教育受到的對待：

一、課程內——很不幸，文學，藝術和音樂這些認識我們情感的最重要途徑，在目前的教育制度下並沒有任何重要地位。即使是在某些學校、某些班級的時間上出現，它們被處理的手法（教法），並不能達到幫助學生明白、探索他們自己的情感世界的目的；學生的情感世界與這些科目的教法，基本上無法產生真正的交感。具體點說，學生無法藉着後者對他們的那怕是一點點的喜怒哀樂有所深化提昇，從而觀照出他們對自己經歷的認識的不足，從而體驗生活與生命的深刻意義（如存在的根本矛盾、存在的客觀限制和主觀力量）。其實，即使這些課程

的題目是一百、兩百年前的人的感情，它仍可從不同的角度對現在的我們有所透視或照明。否則，豈有人仍埋首於古典作品中呢？

二、課室內——單看課室內的情況就夠令人嘆息。學生差不多時刻都被人提醒要勤力工作，而任何的錯失都幾乎受到責罵或責罰，（但得到的解釋卻未必那麼合理，）彷彿他們不過是一具機器，或全然理性的動物，而非一個有情慾的人。好奇心與想像——教育的絕對重要原素——竟甚少被正面利用，更遑論被發展：一些好奇心與想像的表現，如提出一些關於他們的世界的疑問，有時由於考試範圍和學校制度（如時間上的編排）而被規限，但尤其造成不良後果的，是當學生發問或提出個人見解時，換來的不是好好的或正面的回答（即使不能立刻給予一個所謂「答案」也不太重要），而是粗暴的、輕率的否定，甚至嘲笑。然而，就教育而言，學生提問題的方式已重要地反映了他們對某課題的掌握程度，也就是教師隨之要針對的地方。換言之學生的發問（個別除外）應受到鼓勵和肯定。（我甚至相信學生的發問可構成一套既有效又對教師有益的教學法。）大家是否不知道許許多多的大科學家和哲學家的發現都是從一些所謂「傻問題」開始的。（如時間是甚麼？光是甚麼？為甚麼會有人（類）存在？）

與此同時（或相配合？），是一般教師的教學法——一套預先編排得整齊的程序，和對學生言行的紀律性的嚴厲程度，彷彿課室內最最重要的：就是效率。（我們知道教得慢過其他

教師有時竟構成罪過。）講求效率，必先講求課室管理，必須把一切課室內的活動完全控制。於是一切表面上與考試無直接關係的事情都被禁止和否定。但學習與理解就是這麼一回事──我們無法清楚界定，嚴格地說，何謂直接、間接，甚至何謂有關、無關的東西，因為對甲學生是直接、有關的東西，對乙學生可能不是。相信許多人（包括現在身為教師的）都曾經驗過一本正經（或依書直說）的教學法，有時反不及輕鬆的生活更為容易達至理解的效果。

　　唉，課室的環境其實就已是十分不自然的一個學習環境，請問在現實生活中我們的學習（無時無刻在進行）一般是在甚麼情況下發生的？對，對談的形式。我們（成年人）的對談可是完全為某一個或一些指定的主題所統領，而且只是安靜的聆聽而沒有打斷對方談話、沒有穿插着（至少間中）其他好些所謂無關的東西或活動呢？但在課室內的教學竟是如此這般的管理、控制的情況下進行，而且所教所學的東西，又被分割得井井有條的一份一份，與學生的生活、現實世界（某些課目除外）完全扯不上關係，可是，當學生對這樣的學習方式稍為表示不滿（或支持不住）時──身體挪動，目光放到別處，或向身旁的人表示感受──他們將會受到甚麼的對待？

三、課室以外的學校環境──如排隊、小息時，也好不了多少。這方面我不準備多談，只想以一個但願是特殊的例子來反映一下。誠然，學校操場的空間，對人來說，永遠都可說是小了一點，但在小息或下課後，學生的走動也被勒令禁止，且以「不

是女孩子應有表現」為理由時，不禁令人懷疑這學校、這教育工作者所持的是一套甚麼樣的人的概念？因為一切的教育工作都為背後的（可能是不自覺的）一套特定的理想人的概念所決定。在這方面，如果我們想深一層，實在令人有點悲哀，為甚麼中國人至今仍把人的姿勢（走路的、坐的）道德化？我不是反對任何的道德或倫理觀念，我反對的是把它們僵化、異化（庸俗化）為一些表面的事情上面，前述的「不是女孩子應有表現」就是其中一種道德主義。

從前文提及的課程內、課室內、學校內的種種情形，我們有理由相信學校並不重視學生的情感或感性，也就是說學生的「我」。同時也說明了「刺激與反應」和「輸入與輸出」論的問題所在。感性的忽略、扭曲和否定不單只出現在教育的形式方面，教育的內容也有意無意間令問題變得惡性循環——引證、助長了感性的壓抑或錯誤觀念。

學校教育系統地扭曲了我們對自我的概念

課程的價值觀和人生觀的片面性在在充分地說明了當前教育對人性的局限和錯誤引導性。

一、理性的強調與人的具體環境的忽視——首先，科學被視為理性的典範已是有待商榷，而科學進而被抽離於時空、抽離於人的因素更是大有問題，但課本的科學和知識卻正正是這樣。

好像科學知識不是人的產物、不是具體的歷史、社會、文化條件下的產物。課本究竟呈現了多少科學發現的具體情境？學校教育要求學生的只是一些科學知識的（抽象）內容，對科學知識的發現過程可謂完全或幾乎完全是空白的，然而，這不是令知識的學習更加困難嗎？長遠而言，不是對知識增長的窒礙嗎？

二、社會性與個人性的對立——所謂社會／整體利益往往被表達為首要的，而且個人利益被置於一個對立地位——後者「當然地」要被犧牲。彷彿社會／整體不是以個人組成，彷彿社會／整體利益與個人利益無關。其實，沒有抽象的社會／整體利益這一回事，任何利益只能是人的利益，問題是誰的利益？如果社會中的每一個人的利益都得到相同的照顧；社會／整體利益必然被照顧到。

　　與此相配合的，是課本對社會規則與規範的表達——它們「當然」是保障我們的利益，所以人人必須遵守。問題在：規則與規範甚少被具體地討論——究竟它們如何保障人們的利益？是否對某些人提供了較大的保障？是否它們現時已不那麼公平、不能代表了至少大多數人的利益了？最後，規則與規範其實並非甚麼永恆不變的真理，它們一直在改變，以前如是，以後也如是。總之，課本的社會性與個人性的表達，許多時都是非常片面的；個人利益是危險的、不利於社會整體，所以應該被抑制。

三、最後，精神的推崇與物質的貶斥——若學生對「你將來想作甚麼？你的志願是甚麼？」的回答是：一個快樂人，有多少教師會首肯？——後者的反應大抵是：噢，這不能算是志願。中國（儒家）文化長久以來，都傾向於前者而排斥後者；快樂只能是精神性不能是物質性。舒適、快樂的生活從來不會（不容許）成為人生的目標——吃苦竟成為目的。（不能不順帶一提，從學習中學生似乎只得到痛苦而非喜悅。但在現實世界中，我們得到的是後者；後者根本就是學習（和知識）的動力！）但為何難苦的生活較舒適的生活更具精神價值或意義？難道二者真的是水火不相容嗎？然則，生活的物質條件可以完全決定人的清濁高下？（古希臘伊壁鳩思的快樂哲學既重視物質生活又不流於盲目的享樂主義，可在這方面提供參考。）

教師的角色和任務

（其實，相比於學校，傳媒對人性的扭曲情況更為嚴重。）

人性的歷史性——由社會構成——其道理與理性的歷史性一樣：不同的時空對相同的人性表現不同的價值取向，其差別有時甚至是極端的。但有一點則是始終沒變的：每一個時空或時代。都有它對甚麼是人性、何謂理想的人的特定看法和答案。正因如此，教育作為任何社會建構的主要支柱，學校必然提倡某些關於人或人性的價值觀，（哪些是好的、不好的）而不可能對這些根本問題採取完全中立、中性的態度。那就是說，所謂知識，其實脫不了時代的價值取向：後者甚至決定甚麼是、甚麼不是知識？何謂理性何謂

非理性？為何知識必須服膺理性？所以說到底，知識、理性、人性等等一般人以為是客觀中立的東西，根本只不過是時代產物，它們都隨時空的轉變而有所轉變。

若明白這些，教師的重要性則自不待言。教師，必須幫助學生了解他們的現實世界的經驗及自我，而且不單只是認知方面，同時是情感方面。（教學，當然是基於他們與教師所共有的現實世界。）清楚點說，教師必須指出當前的生活方式和價值觀不足不是之處，（它們如何壓制了更豐富、更有意義的生活方式，）其實，這就是給予學生啟示、指引如何追求比現在更理想的生活與人生。推動生命前進的當然就是希望與理想，也當然是教師與教育的最高境界或目的。（文學與藝術在這方面尤其充滿啟示。）因此，教師不能只是扮演學童中心教學法所謂的教習環境的促進者、經理或組織者這些二線或被動角色。（相信，從前文對歷史因素的強調，中立教學之不可能，但開放教學則可能且應如此這一結論已清楚可見。）

當前的教育問題實在太多。我無意在這裏說理性與感性的問題是最重要的問題——它亦無法脫離整個教育（考試）制度以至整個社會制度而得到解決；然而，令人難過的是它竟為人所嚴重忽略。莫非，感性或情感對人生的意義真的比不上（所謂）理性？？

作品發表日期一覽

新詩部份

滑浪的日子 ——給 MARILYN	《詩風》第四十六期，一九七六年三月一日
吃蘋果的男孩	《大拇指》第二十三期，一九七六年四月二日
山水畫	《大拇指》第二十八期，一九七六年五月七日
晨曦之前	《大拇指》第三十四期，一九七六年六月十八日
臉	《詩風》第五十期，一九七六年七月一日
我摸進森林	《大拇指》第三十七期，一九七六年九月十日
石壁 ——羅便臣道速寫	《詩風》第五十五期，一九七六年十二月一日
那夜， 我們在中灣	《羅盤》第一期，一九七六年十二月一日
馬路	《羅盤》第二期，一九七七年二月十日
燈下	《詩風》第五十九期，一九七七年四月一日
石島的下午	《羅盤》第三期，一九七七年四月
船	《詩風》第六十三期，一九七七年八月一日
出發	《羅盤》第四期，一九七七年八月
彩紅與瘁綠	《羅盤》第四期，一九七七年八月
要命的舞會	《羅盤》第五至六期，一九七八年一月
門前的景色	《羅盤》第七期，一九七八年九月
牆的兩邊	《詩風》第七十八期，一九七八年十一月一日
明天， 當是煩忙的一天	《羅盤》第八期，一九七八年十二月
詩之外	《素葉文學》第二期，一九八一年六月

多明尼加兩首之一：濃濃的夜，飲吧	《素葉文學》第三期，一九八一年十一月一日
多明尼加兩首之二：在那遙遠的	《素葉文學》第三期，一九八一年十一月一日
削髮——訪瀋陽東陵有感	《素葉文學》第六期，一九八二年二月
詩三首之一：思念	《素葉文學》第五十期，一九九四年二月
詩三首之二：雨後	《素葉文學》第五十期，一九九四年二月
詩三首之三：戀的美學	《素葉文學》第五十期，一九九四年二月

評論部份

死亡的惡魔 ——陳映真的〈文書〉	《大拇指》第十八期， 一九七六年二月二十七日
讀羅青的一首詩	《詩風》第五十期， 一九七六年七月一日
蓬草的〈馬可〉	《大拇指》第五十一期， 一九七六年十二月十七日
張景熊的一首詩	《羅盤》第三期，一九七七年
《百年孤寂》：生命的寫照	《素葉文學》第十四·十五期， 一九八二年十一月
《蒼蠅王》扎記	《素葉文學》第二十·二十一期， 一九八三年十一月
當代敍述小説的規律	《素葉文學》第二十三期， 一九八四年三月
歷史的夢魘 ——陳映真的〈文書〉	《星島晚報·大會堂》， 一九八四年十二月五日
珠光寶氣 ——資本主義·男性中心 社會裏的女性新形象	《素葉文學》第四十六期， 一九九三年九月
拉岡：欲望的符號 與符號的欲望	《素葉文學》第五十二期， 一九九四年四月
斯芬克司的神秘象徵 與伊狄帕斯的理性主義 ——詩人與哲學家的碰頭	《素葉文學》第六十四期， 一九九八年十一月
安蒂岡妮：若干詮釋的可能	《素葉文學》第六十六期， 一九九九年八月
安蒂岡妮：不可思議的生與死	《素葉文學》第六十八期， 二〇〇〇年十二月

周國偉文集

作　　者：周國偉
編　　者：黎漢傑
責任編輯：黎漢傑
文字校對：聶兆聰
美術設計：鄒雪兒
法律顧問：陳煦堂 律師

出　　版：初文出版社有限公司
　　　　　電郵：manuscriptpublish@gmail.com

印　　刷：陽光（彩美）印刷公司

發　　行：香港聯合書刊物流有限公司
　　　　　香港新界大埔汀麗路 36 號
　　　　　中華商務印刷大廈 3 字樓
　　　　　電話 (852) 2150-2100 傳真 (852) 2407-3062

臺灣總經銷：貿騰發賣股份有限公司
　　　　　地址：新北市中和區中正路 880 號 14 樓
　　　　　電話：886-2-82275988
　　　　　傳真：886-2-82275989
　　　　　網址：www.namode.com

版　　次：2019 年 7 月初版
國際書號：978-988-79367-8-7
定　　價：港幣 98 元 新臺幣 340 元

Published and printed in Hong Kong

香港藝術發展局
Hong Kong Arts Development Council 資助

香港藝術發展局全力支持藝術表達自由，
本計劃內容並不反映本局意見。